ひとり住まいの詩《うた》

カミサマと吾作じいさん

若林　泰雄

目次

鯉《こい》釣りジーさん …… 6
二階建てのコブ …… 7
二回も落ちた …… 9
表彰状おことわり …… 12
《オイシイと……》レター① …… 14
迷惑なお客さま …… 16
栄養失調かも …… 19
期待はずれ …… 21
涙の針仕事 …… 25
《題名のないお芝居》レター② …… 27
独《ひと》り言《ごと》でも …… 29
ああ、ひとり旅 …… 31
夢に出てきて …… 34
極楽発見 …… 39

宴《うたげ》のあと ……… 43
《空飛ぶ雄鳥《おんどり》》レター③ ……… 46
カユイ、カユイ ……… 50
コレステロール ……… 52
イタイ、イタイ ……… 55
ショボ、ショボ ……… 58
ガタ、ガタ ……… 60
《山の幸《さち》》レター④ ……… 62
貧者の一灯 ……… 74
勤勉と品性 ……… 76
苦悩と寛容 ……… 80
地位の幻影《げんえい》 ……… 84
分母と分子 ……… 87
《思い出の化石掘り》レター⑤ ……… 91

水上歩行器 …… 99
滞在型ホテル …… 102
靴とパンツと杖《つえ》 …… 105
欲《ほ》しいモノ …… 108
《ボランティア》レター⑥ …… 115
律儀《りちぎ》なラクダ …… 122
孝か不孝か …… 128
食べさせていたら …… 132
垢《あか》を拭《ぬぐ》いつつ …… 136
《天国で再会》レター⑦ …… 138
著者略歴
既刊図書

ひとり住まいの詩《うた》

――カミサマと吾作じいさん――

鯉《こい》釣りジーさん

「これ、吾作よ。近所の人が、おまえを〝鯉釣りジーさん〟って呼んでいるのを、知っているか？」

「ハイ、カミサマ、よく知っております。私の釣りが〝鯉専門〟だからでしょう？」

「もう一つ訳《わけ》があるんだよ」

「ハァ？　何でしょうか、カミサマ」

「おまえね、雪の中で寒鯉《かんごい》釣りをやって、痔《じ》になっただろ？」

「よくご存じで、カミサマ」

「だから〝痔《じ》になった爺《じい》さん〟という意味なんだ」

「知らなかったなあ。なるほど、うまく考えたものですねえ、カミサマ」

「感心している場合じゃないだろ。どうして〝カイロ〟を使わなかったんだ？」

「あの〝貼《は》るカイロ〟のことですね、カミサマ。実は、あれで火傷《やけど》をしてしまって……」

「バカだねえ、おまえは。肌《はだ》に直《じか》に貼ったんだろ？」

「ハイ、そのとおりで」

「説明書をちゃんと読まなきゃあ。それで、痔の方は医者に診《み》てもらったのかい？」

「いえ、まだなんです。だってカミサマ、場所が場所だけに、どうにも恥《は》ずかしくって」

「いまさら何を言ってる！　若い娘じゃあるまいし。サッサと病院へ行くこと。分《わ》かったな、吾作」

「ハァー……」

二階建てのコブ

「あれ、カミサマ、どうかされましたか？　お元気がなさそうで」

「これ見ろ、吾作。二階建てのコブだ」

「おお、これはお見事な……」

「バカタレ！　おまえの投げた石が、ワシの頭に当たったんだ。しかも、二回だぞ」

「ええっ、どうして!?　私は沼に向かって投げたのですよ、カミサマ」

「それがワシに当たったんだ！」

「と言うことは……」

「そう、ワシは水に潜《もぐ》って、おまえの方に魚を追い出していたんだ。『ちっとも釣れん！』なんて、おまえイライラしていただろ」

「はぁ……」

「そしてとうとう、おまえはヒステリーを起こして、石を投げた。そうだろ、吾作」

「ハイ、申し訳ありません、カミサマ」

「いい年齢《とし》して、何やっているんだよ。おまえね、もっと研究しなくちゃダメだぞ。餌《えさ》とか道具、それに釣り場なんかもね」

「ハイ、がんばります、カミサマ」

「ヘークションッ！」

「あれまあ、カミサマ。風邪《かぜ》までひかれて」

「それに身体《からだ》まで汚《よご》れてしまったんだ。あの泥深い沼に潜ったからなあ」

「ごめんなさい、カミサマ」

二回も落ちた

「ハックション！」

「おやおや、吾作、おまえも風邪《かぜ》をひいたのかい？」

「ハイ、カミサマ。それが面目《めんぼく》ない話で」

「どうしたんだよ、一体？」

「あのー、二回も沼《ぬま》に落ちてしまって……」

「ホウー、これはオモシロイ！」

「冷やかさないでくださいよ、カミサマ」

「悪かったねえ。それにしても、なんで二回もはまったんだ？」

「一回目は、田舟《たぶね》を漕《こ》いでいた時……」

「それって、おまえの舟ではないんだろ？」

「ハイ。岸に停めてあるのを、ちょっと拝借《はいしゃく》して……」

「良くないね、吾作。無断で使うなんて」

「ごもっともで、カミサマ」

「おまえ、なかなか器用に漕ぐんだってね」

「ハイ、まあ少しぐらいは……」

「それで、艪《ろ》でも外《はず》れたのかい？」

「いいえ、カミサマ。快調すぎて、鼻歌まじりで艪を操《あやつ》っていたら……」

「ふんふん。そしたら」

「岸からニューッと伸びた、太い柳《やなぎ》の枝で、頭をゴツン！　目から火花が散って……」

「それでおまえは、〝ザブーン〟か」

「ハイ、そんな次第で、カミサマ」

「見たかったなあ、おまえの勇姿《ゆうし》！」

「それはないよ、カミサマ」

「で、二回目はどうして水に落ちたの？」

「はあ、身体《からだ》がずぶ濡《ぬ》れになったし、もう帰ろうと思って……」

「そうだよ、吾作。風邪は万病の元だからねえ」

「セットしておいた釣り竿を上げにかかったら、ググッと手応《てごた》えがあるんですよ」

「おお、来たか！」

「かなり目方もあるようで、慎重《しんちょう》に引き寄せて……」

「デカイやつや！」

「それが、デカイのはまちがいなかったんだけど、なんと、猫のミイラ！」

「へー、ミイラだって!?」

「しかもそいつが、穴の開《あ》いた目玉で、私をにらむんですよ、カミサマ」

「気味悪いねえ」

「もうビックリして『ギャーッ！』て声をあげた途端《とたん》、〝ザブーン！〟」

「ミイラを放り投げたのかい？」

「いえ、カミサマ。はまったのは私の方で」

「よくもまあ、あんな汚《きたな》い沼で泳ぐもんだねえ、吾作」

「カミサマ、皮肉《ひにく》はやめてくださいよ」

表彰状おことわり

「吾作、おまえまた釣りに来ているんだね」

「あれ、カミサマ。今日はお散歩ですか？」

「うん。天気も良いし、たまにはワシも虫干しせんとなあ」

「そうですね、カミサマ。いつも薄暗くて、じめーっとした本殿に座っておられるから」

「それに、お参りに来てくれたみんなの願いごとを聞いていると、神経がくたびれてくるし、肩は凝《こ》るし……」

「カミサマも大変ですねえ」

「中には腹の立つ、欲ぼけなお願いもあったりして」

「それって、どんなのですか、カミサマ？」

「それは言えんよ、吾作。企業秘密だからな」

「なんだ、ケチ！」

「おいおい、カミサマのワシに向かって、そんな言い方はないだろ」

「これは失礼しました、カミサマ」

「ところで、吾作。おまえの周囲にある、このガラクタは何だね？」

「ハイ、今日の釣果《ちょうか》です。カミサマ」

「釣果だと、これが!?　おまえね、釣果っていうのは、釣り上げた魚のことなんだよ」

「はあ……」

「ヤカンにサンダル、麦わら帽子とカッパ。何だよ、こりゃあ？」

「それに、ビニールの袋とモンペと……」

「呆《あき》れたもんだねえ。おまえ、魚釣りに来たんだろ？」

「ハイ、そのつもりなんですけど……」

「吾作、これはどうみても、沼の掃除に来たとしか思えんよ」

「キツイご冗談《じょうだん》を、カミサマ」

「よし、ワシにいい考えがある」

「なんでしょうか、カミサマ？」

「町の衛生課に頼んで、おまえに表彰状を出してもらうようにしよう。いいだろ、吾作」

「ヒェーッ、やめて、カミサマ！」

〈オイシイと……〉レター①

「カミサマ。これ、ちょっとみてもらえませんか？」

「おお、吾作、おまえ俳句も詠《よ》むのかい？」

「まあ、冷やかし程度なんですけど」

「どれどれ」

夏の日の　夢を包んで　冬ごもり
露草の　色あざやかに　曇り空
過ぎし日の　声よみがえる　校舎かな
野イバラの　可憐な花よ　何想う
微笑みと　湯気と香りの　三重奏
オイシイと　笑顔で言って　くれた人

「どうでしょうか、カミサマ」

「ワシはね、吾作、こっちの方は専門ではないんだよ」

「へえー、カミサマって、万能《ばんのう》じゃあないのですか？」

「そうだよ、吾作。それぞれ得意の分野を受け持っているんだ」

「知らなかったなあ。でも、カミサマ、感じぐらいは分かるんでしょ？」

「これこれ、カミサマのワシを、そこまでバカにするなって」

「申し訳ありません、カミサマ」

「季語《きご》のないのがいくつかあるようだが、新俳句っていうのかね？」

「ハイ、まあそんなところで」

「アッ、分かったぞ、吾作。これってみんな、亡くなられたおまえの奥さんを念頭において作ったんだろ？」

「ズバリ、です。カミサマ！」

迷惑《めいわく》なお客さま

「これ、吾作、いつまで寝ているんだ。もう日が高く昇《のぼ》っているよ」

「うーん、ムニャムニャ……」

「何だと？　調子でも悪いのかい？」

「スイミンブソク、カミサマ」

「睡眠不足だって？　昨夜《ゆうべ》も早く床《とこ》に就《つ》いたんだろ？」

「それが、カミサマ、夜中《よなか》に三回も起こされて……」

「それはまた、どうして？」

「ネズミが、私の額《ひたい》の上を歩くんですよ」

「ネズミがねえ……」

「どうして、わざわざ人の顔を踏んでいくのだろ？　ほかに通るところはいくらでもあるのに」

「あっ、分かったぞ。実はなあ、吾作、そのネズミに頼んでおいたんだ」

「何をですか、カミサマ？」

「おまえね『近ごろ身体《からだ》の具合《ぐあい》があまり良くない』って、言っていただろ」

「はい。言いましたよ、カミサマ」

「だから、独《ひと》り暮らしのおまえに『万一の事があっては……』と思って、あのネズミに、おまえの見張り役を頼んでおいたのだよ」

「そうだったのですか、カミサマ。でも、ご配慮《はいりょ》はありがたいんだけど、私の顔を踏まなくっても……」

「しかしねえ、吾作。あのネズミにしてみたら、就寝中のおまえが呼吸《いき》をしているかどうか、しっかり確かめたかったんだろうよ」

「じゃあ、これから毎晩、こんなことが続くっていう訳《わけ》ですか、カミサマ」

「それは良くないなあ。よし、もっと別の方法を考えるよう、あのネズミに言っておくから」

「謝々《シェイシェイ》、カミサマ」

「ほうー、おまえ、中国語できるのかい？」

「いえ、カミサマ、この単語だけで」

「そんなことだろうと思ったよ」

栄養失調かも

「吾作、おまえこの頃よく肥《こ》えたねえ。しかし、その太《ふと》り方は異常だよ」

「いえ、カミサマ。下着をたくさん身につけているだけなんです。パッチ二枚に、厚《あつ》いシャツの重《かさ》ね着、それから……」

「へえー、よくもそんなに……。北極で生活するスタイルだよ、それは。動きにくいだろ、そんな格好じゃあ」

「はあ……」

「これくらいの寒さで、どうしてそこまで……」

「それが、カミサマ、もう寒くって、辛抱《しんぼう》できんのです」

「おかしいなあ……。吾作や、ひょっとして、おまえ、栄養不足とちがうか?」

「でしょうかねえ、カミサマ」

「おまえね、普段《ふだん》から碌《ろく》なもの食べてないだろ?」

「そこそこ食べているはずなんだけど……」

「おまえのやり方は、デタラメだと思うよ。栄養のバランスなんて、考えたことがないんだろ?」

「ええ、まあ。なんせ私の脳細胞には、料理の部分が欠けているようで……」

「バカだねえ、吾作。そんなことって、言い訳《わけ》にもならんよ」

「ハイ、カミサマ」

「そうそう、この前『目がかすむ』とか『目がショボショボする』って、おまえ、眼科に行っただろ?」

「はい。どこにも異常が見つからないんで、お医者さんも困っていました」

「それだよ、吾作。栄養失調で目までおかしくなった、とワシは思うなあ」

「やっぱりねえ、カミサマ」

「おまえね、鶏《にわとり》の餌《えさ》みたいなものばかり食べてないで、たまには鰻《うなぎ》のカバヤキとか、スキヤキなんか食べたらどうだ?」

期待はずれ

「吾作、ご〜さく、ゴサ〜ク〜……」

「カミサマ、ここにいますよ。ト・イ・レ」

「なんだ、こんな所にいたのか。ずいぶん探し回ったのだぞ、吾作」

「今日《きょう》は、カミサマ、いいごきげんで。お神酒《みき》でも召《め》されたのですか？」

「ああ、ちょっとだけな。おまえね、さっきからもう三十分も、そうやって便器に座ったままとちがうか？」

「ええ、そうなんですよ、カミサマ。このところ、どうも通じが悪くって……」

「だからといって、トイレに長く入っていればいいってもんじゃあないだろ？」

「かもしれませんね、カミサマ」

「他人《ひと》ごとではないんだよ、吾作。これはやっぱり、栄養の問題だよ」

「はあ……」

「野菜《やさい》をあまり食べてないだろ？」

「時々《ときどき》食べてますよ、カミサマ」

「時々ではダメなんだよ、吾作。毎回食べるようにしなきゃあ。それに、おまえね、食事の量も少な過ぎるよ」

「でもね、カミサマ。独《ひと》りでする食事なんて、なんだか味気《あじけ》なくって……」

「侘《わ》びしくなって、すぐに箸《はし》を置いてしまう。そんなおまえの気持ちは、このワシにもよく分かるんだよなあ」

「……」

「どうだろう、吾作。時々外食に出かけたり、身内かなかまと食事する機会をつくってみたら？　おまえの方から、思い切って、一歩踏み出してみろよ」

「ハイ、そのようにします。カミサマ」

「それともう一つ。今思い出したんだが、この前のように、いいかげんなことしたらダメだぞ、吾作」

「はあ、何でしたっけ、カミサマ？」

「久しぶりに新米が手に入ったからって、『カミサマ、ご期待ください』なんて……」

「ハイハイ。あれはお笑いで、カミサマ」

「笑えることか！　お陰でワシは、ガックリ、ペッコリ……」

「ペッコリ？」

「そうだろ、吾作。ワシはおまえのことが気になって、この忙《いそが》しい中を、わざわざおまえの家まで出張しているんだぞ。しかも、腹ペコのままで……」

「ゴメンナサイ、カミサマ」

「『さあ、カミサマ、炊《た》きたての新米の御飯《ごはん》ですよ』なんて、おまえが言うもんだから、ワシはニコニコして待っていたら……」

「アレー、炊けてない!?」

「そう言って、おまえ、ビックリしていただろ？」

「ハイ、カミサマ。炊飯器のスイッチを入れ忘れたようで……」

「いいかげんなやつだよ、おまえは。それで『カミサマ、今日は水でガマンしてください』って。まあ、何もないよりはマシだったけどねえ」

「スミマセン、ご期待にそえなくて」

「それはいいとして、おまえね、あれはダメだぞ」

「ああ、私の昼食のことですね、カミサマ」

「昼食と言えるか、あんなもの！　そうだろ、吾作。パンのかけらを食べて、コーヒー飲んで、それでオシマイ。何だよ、ありゃあ！」

「以後、気をつけます」

「そうだよ、吾作。それにもう一つ……」

「えっ、まだあるんですか、カミサマ？」

「ワシは思うんだが、おまえね、運動不足も関係しているんじゃあないか？」

「そう言われてみたら……」

「だから、毎日散歩ぐらいしろよ」

「ハイ、歩きます、カミサマ」

涙の針仕事

「ほうー、吾作。おまえが針仕事だって？　珍しいね」

「だって、カミサマ、ズボンのボタンがとれてしまって……」

「おまえね、ズボンを脱いでやった方がいいのとちがう？」

「いえ、これくらいは簡単ですから。アッ、痛《いた》ッ！」

「どうしたんだ、吾作！」

「針でお腹《なか》を突いてしまった」

「それみろ。だからワシが言っただろ」

「あれっ!?　ズボンにパッチを縫《ぬ》いつけてしまった」

「やれやれ。おまえのそんな姿、なんだか侘《わ》びしいよなあ。そうだ、吾作、ちょっとした出物《でもの》があるんだけどね」

「デモノ？　それって、おでき？　それともおならのこと？」

「ちがうよ、吾作。女性のことなんだ」

「カミサマ、そんな言い方って、人権問題ですよ。質屋《しちや》の中古品みたい」

「ホントだ。これは悪かったねえ」

「その女性《ひと》って、どんな方《かた》?」

「未亡人だけどね。いい人柄《ひとがら》だよ」

「……」

「もしおまえにその気があるのなら、一肌脱《ひとはだぬ》ごうと思っているんだ」

「お気持ちはありがたいですけど……」

「おまえ、もう枯れてしまったのかい?」

「さあー、どうでしょうかね、カミサマ?」

「おまえね、あの古木を見ろよ。樹齢四百年の桜。今も見事な花を咲かせているだろ」

「実を言うと、カミサマ、まだ心の整理ができてないんです。未《いま》だに、何だかモヤモヤしていて。亡くなった妻のことが……。悔恨《かいこん》の思いが拭《ぬぐ》い切れなくて……」

「無理ないよなあ、吾作」

〈題名のないお芝居〉レター②

キミは　一体　どこからやって来たんだ
そう言う私も　わからないんだけれど

とにかく　ふたりは人間として
この地球に生まれ
偶然に偶然がかさなって
互いに結ばれたのだ
〝奇《く》しき縁《えん》〟と言うらしい

人生という舞台の上で　手づくりの
題名のないお芝居を　演じてきたよなあ
時には　ちょっとした諍《いさか》いも交《まじ》えながら

しかし　二人のお芝居の終幕が
こんなに早くやってこようとは……
もう少し　舞台を続けさせてほしかった
あまりにも　中途半端過ぎるじゃあないか

キミは　一体　どこへ行ってしまったんだ
そして　今　なにをしているんだよ

もしも　天国とかいうところで
キミの未完のキャンバスに
自ら筆を入れているのなら
ホント　私はうれしいよ

私がこちらの世界にいる間
もう少し　人生に彩《いろど》りをそえよう
なんて思っているんだ

そんな土産話《みやげばなし》をもって
キミに　また会える日を
私は楽しみにしているよ

独《ひと》り言《ごと》でも

「吾作、入ってもいいかい？」

「ああ、カミサマ、いらっしゃい。どうぞ」

「どなたか、お客さま？」

「いいえ、別にだれも。どうしてですか？」

「だっておまえ、さっきから大きな声で話していただろ？」

「おや、そうでしたか、カミサマ」

「おまえ、また独り言のクセが出たのとちがうか？」

「はあ、気がつかないいんですけど……」

「昔からのクセが、奥さんを亡くしてから、余計《よけい》にひどくなったようだねえ、吾作」

「まあ、時には家内の遺影に話しかけたりするけど、ほんの一言《ひとこと》ですよ、カミサマ」

「寂しいんだね。独り住まいだもの……」

「ええ、まあ。けど、だいぶ慣《な》れましたよ」

「おまえね、一日中だれとも言葉を交《か》わさない日もあるんだろ？」

「ハイ、たまにはあります。でもね、カミサマ〝しゃべるのが仕事〟をずっと続けてきたから、今は沈黙《ちんもく》もいいかと……」

「それは良くないよ、吾作。明《あか》るく、元気に会話を交《まじ》えないとねえ。心身に影響《えいきょう》するよ」

「はあ……」

「それと、おまえ、近ごろ大声で笑ったことあるか?」

「覚《おぼ》えがないですねえ、カミサマ」

「益々《ますます》ダメだよ、それじゃあ。どうだろう、吾作、おまえの方から思い切って、人の集まりに顔を出してみたら? いろんなサークル活動もあるし、ボランティアだって、ね」

「ハイ、考えてみます、カミサマ」

ああ、ひとり旅

「おや、吾作じゃあないか!」

「あれ、カミサマ。こんな所まで?」

「そうなんだよ、吾作。今日はカミサマたちの会議があって、出張しているんだ」

「お忙しいんですね、カミサマも」

「うん、まあな。ところで、おまえ、今回もひとり旅かい？」

「ハイ、カミサマ。家内が生前行きたがっていた所を、ボチボチ訪れてみようと……」

「そりゃあいいことだよ。奥さんはもちろん、おまえ自身のためにもね」

「カミサマ、ここのお社《やしろ》からの眺め、なかなかいいですね」

「いいだろ、吾作。おまえね、いつもこうやって、旅先の神社に参拝しているのかい？」

「かならずって言うほどではないですけど、カミサマ。そのほか、寺院、美術館、博物館など、足を運ぶことにしています」

「趣味が広いんだね、吾作」

「大衆食堂もおもしろいですよ、カミサマ。そこに住む人たちと話しながら、地《じ》のものが食べられますし……」

「なるほどねえ」

「山村や漁村へ行って、土地の生活を見せてもらったり、時にはちょっと仕事も手伝ったりして」

「ほうー、バラエティーに富んでいるね。ところで、吾作、旅の計画はだれかに頼んでいるの？」

「いいえ、カミサマ。私の手づくりです」

「面倒だろ、何んだかんだと……」

「慣れてきたら、けっこう楽しいですよ。時刻表、地図、ガイドブック、そのほかいろんな資料を使って。もちろん、時々旅行会社の方《かた》から、知恵を借りたりしますけど」

「それで、費用の方《ほう》はどう？」

「それが、意外に安いんです」

「割引や特典をうまく使うんだろ、吾作？」

「よくご存知ですね、カミサマ」

「〝ひとり旅〟って、寂しくないのかい？」

「いいえ、別に。だって、いろんな人たちに話しかけたりしますから」

「なるほど、それはいいよ、吾作」

「ただ、時々、未だにショックを受けることがあるんです」

「ショックだって？　どんな時に？」

「私たちと同じ年齢《とし》格好のご夫婦が、仲睦《なかむつ》まじくしておられる姿を目にすると……」

「無いものねだりだよなあ、吾作」

「はい、よく分《わ》かっているつもりなんですけど」

「なあ、吾作。かつて奥さんと旅した所へ、もう一度行ってみたら？」

「いえ、カミサマ。とても足が向かないんですよ」

「そうか、いろいろ思い出して辛《つら》いんだろうねえ」

「……」

夢に出てきて

「これ、吾作。どうしたんだ？」

「あれ、カミサマ!?」

「うん、ワシだよ。さっきから、おまえ寝言《ねごと》をしゃべっていたぞ」

「そうでしたか。家内の夢をみたものですから、つい興奮《こうふん》してしまって……」

「そりゃあ悪かったね。せっかくの夢を邪魔《じゃま》して」

「いえ、いいんです。ほんの一瞬の夢ですから」

「奥さんの夢って、よくみるのかい？」

「いいえ、カミサマ。妻が亡くなってから、まだ四、五回です」

「そんなもんかねえ。四年半で四、五回だって？」

「はい。他の人はどうなんでしょうね」

「分からんなあ、ワシには……。ところで、吾作、それって楽しい夢なの？」

「そうですね。亡くなった当座は、うっとうしい夢ばかりで……。まあ最近は、少し明るい内容になってきたようですけど。

そうだ、カミサマ。一年前にちょっとまとめたものがありますから、お目を通していただけますか？」

「うん、どれどれ」

夢

キミが逝《い》ってから、もう三年半にもなるのに、あまりキミの夢をみないんだよ。まあいつもこんなふうに、キミに話しかけているんだから、そんなに夢に出てくる必要がないのかも知れないけれど……。

キミは辛《つら》そうに「腰が痛い！」って言いながら、屈《かが》むようにして、私たちの寝室にやってきた。

そして、自分のベッドに入ろうとしていたんだ。

「そんな冷《つめ》たい所へ入らないで、私の側《そば》へおいで。ここは温かいよ」

そう言って、私は自分の寝床の布団《ふとん》の中へ、キミを入れてあげようとしていた……。

わずか二、三秒だったけど、これが初めてみたキミの夢だった。

病院で、床ずれがひどくなって、キミが苦しんでいた姿が、私の頭の中にあったからだろう、と思っているんだ。


家の廊下《ろうか》で、キミは愛用の赤いカーディガンを着て、外出しようとしていた。

「調子が良くないのに。私が買い物に行くから」

私が見かねて、そう言ったら、

「だって、お父さんは、メチャクチャな買い方をするから、やっぱり私が行く」

キミは、そんなことを言っていたなあ。

これも、ほんの数秒間の夢だった。


キミは、どこかの二階のベッドで休んでいた。

「もう、家に帰ろうよ」

私が誘《さそ》ったら、

「ここに居る方がいい」

こんなことをキミが言うもんだから、わたしはちょっと当惑していたんだ。

これも、思い当たることがあるんだよ。

病室を替《か》わる時、キミは言っただろ、

「にぎやかな、ここの部屋に居たい！」

治療の都合《つごう》があってのことだったけど、ホント、看護婦さんも私も困ったんだ。

以前に入院した時、キミは独りぼっちで、淋《さび》しい思いをしたことを、私も知っていただけに……。


どこか場所は分からないんだけれど、ふと見ると、キミは楽しそうに、キミの弟妹たちとしゃべっている最中。

以上、たったこれだけしか、キミの夢をみていないんだけれど、ひょっとしたら、朝起きるまでに、私が忘れてしまったのかも知れないねえ。

「どうですか、カミサマ?」

「ふうーん、これが一年前までの夢ね。で、それから後《あと》は？」

「たしか一回だけです。二人で何か楽しそうに話しながら、家事をしていたようで」

「それは良かったね、吾作。奥さんもおまえも、落ちついてきたようだねえ」

「妻はもう、仏《ほとけ》になってしまったのでしょうか、カミサマ？」

「ワシはカミサマだからなあ。そっちの方はよく分からんのだよ、吾作」

極楽発見

「吾作、ここだよ、吾作！」

「あれ、カミサマ、そんな高いところに！」

「おまえも登っておいで。見晴らしがいいぞ、ここは」

「カミサマ、今日は木登りの練習ですか？」

「これこれ、カミサマのワシをおちょくるなよ。これも仕事の一つなんだ」

「仕事だって、木登りが!?」

「ここで監視《かんし》をしているんだよ」

「監視？　何を見張っているのですか？」

「人間だ。おまえも知ってのとおり、近ごろ人間どもは、ロクでもないことをするからなあ」

「はあ？」

「こんな素晴らしい野っ原に、大型ゴミを棄てたり、かってに沼や池を埋め立てたり、あげくの果てに、川の流れまで変えてしまう」

「残念ですね、カミサマ」

「自然を活《い》かしながら利用するのなら、まあ許せるけどねえ」

「おっしゃるとおりだと思います」

「ところで、おまえ、いま散歩中かい？」

「ハイ、そうです。この前カミサマから、運動不足を注意されたものですから」

「うん、それはいいことだよ、吾作」

「私ね、カミサマ、この周囲の自然が、天国か極楽の世界にみえるんですよ」

「うん、うん」


早春の、危なっかしい、新芽と若葉。

勢《いきお》いよく空に伸《の》びる、新緑の葦《よし》。

うだる暑さを謳歌《おうか》する、蝉と木立。

そして、冬枯《ふゆが》れの野原の向こうに、雪を纏《まと》った素晴らしい山並み。

こんな季節の移り変わりはもちろんのこと、その日の気象条件によっても、自然はその舞台に彩《いろど》りを添《そ》えて、私の目を楽しませてくれる。

だから私は、大空の雄大な芸術にも、散歩の足を止《と》めてしまう。

特筆したいのは、この水郷《すいごう》地帯。

葦に覆《おお》われた水路が縦横《じゅうおう》に走り、その先々に独特の形をした沼や湖が点在する。

主役を次から次に代えながらやってくる、大小様々《さまざま》な鳥たち。

カモ類やコハクチョウ、常駐組のカイツブリに川鵜《かわう》など、水鳥の種類も多い。

もちろん、雀《すずめ》に烏《からす》やトンビ、それにサギのなかまたちも交《ま》じってくる。

時々、雉《きじ》の親子が一列に並んで、私の前をひょこひょこ横切って行ったり。

ヒバリが元気にさえずりながら、麦畑の上を真《ま》っ直《す》ぐに、空高く上って行く。

トンボや蝶《ちょう》など、昆虫《こんちゅう》たちも忙しそうだ。

そして、暖かくなると、蛇《へび》にイタチやモグラ、時には狸《たぬき》まで姿を見せてくれる。

古い水郷地帯だから、いろんな魚がよく釣れる。

鮒《ふな》、鯉《こい》、鯰《なまず》、鰻《うなぎ》、ハイ、ワタカ……。時々、亀やスッポンまで、針にかかる。

最近、モロコやギギなど、在来《ざいらい》の魚たちが減って、かわりに外来のブラックバスや、ブルーギルが幅《はば》を利《き》かせている。

でっかいタニシや、二枚貝まで釣ったことがある。

水郷地帯を行く、今は観光用の田舟《たぶね》。

私の子どもの頃は、田舟は重要な交通手段の一つであった。

飛び地の葦地帯で、畑作したり、葦を刈ったりするためにも。

麦が濃《こ》い茶色の穂《ほ》を風になびかせ、重い稲穂《いなほ》が頭を垂《た》れる。

季節の野菜がみずみずしい。

「うまくまとめたね、吾作」

「ねえ、カミサマ。私が死んだら、この辺りに、私の遺骨《いこつ》を撒《ま》いてもらえたら……」

「散骨《さんこつ》って言うのかい。でもね、吾作、いろいろ制約があって、難《むずか》しいのとちがうか？」

宴《うたげ》のあとで

「あれ、吾作とちがうか？　こんな所で、何しているんだい？」

「ああビックリした！　急に大きな声をかけるんだから」

「悪かったね、驚かせて。しかしなんだな、あの夏場《なつば》のにぎやかさが、まったく嘘《うそ》のようだねえ、この水泳場も」

「ほんとうですね、カミサマ。秋の今はもう、人っ子一人いないし、聞こえるのは、砂浜に寄せる波の音だけ」

「こんな情景も、おまえのお気に入りかね、吾作」

「はい、カミサマ。何となく心が落ちつきますから。それに……」

「それに、なんだって？」

「ちょっとした哀愁《あいしゅう》も感じられて」

「おまえ、なかなかロマンチックだよ」

「さざ波の青い湖《みずうみ》。その向こうにかすむ、おだやかな山並み……」

「一句ひねってみるかい、吾作」

「いいえ、カミサマ。さっきからね、家内と過ごしたあれこれを、何となく思い返していたのです」

「やっぱりなあ……」

「家内と息子を連れて、ここへも泳ぎに来たことがあるんですよ、カミサマ」

「へえー、そうだったの？」

「ワァー、キャー言いながら、水に潜ってシジミを獲《と》ったり、ボートを漕《こ》いだり……。そうだ、ヨットに乗せてあげる約束は、とうとうフイになってしまったけれど」

「どうして、吾作？」

「家内がカナヅチだったものですから、泳げるようになってから、なんて言っているうちに、彼女は天国へ旅立ってしまって……」

「そりゃあ、残念なことだねえ」

「ちょうど今頃だったなあ、銀杏《ぎんなん》の皮をむきに、家内とここへやってきて……」

「銀杏だって？」

「はい、カミサマ。網《あみ》の袋に入れて、この砂浜の中で踏んだら、見事に皮がとれるんですよ」

「おまえ、いい知恵もってるなあ」

「けどその後、家内は風邪をひいてしまって……。悔恨《かいこん》や寂寥感《せきりょうかん》に、こんなに苦しむぐらいなら、いっそ独身で通した方がよかったのかも……」

「でもね、吾作。もしお前の人生のキャンバスが、ただ一本の直線だけで終わったとしたら、それはそれで、また取り返しのつかない後悔をする、とワシは思うよ。

二人で描いた、色あざやかな夫婦《めおと》キャンバス。幸せって言うもんだよ、吾作」

「はあー、そんなふうに思ってみたら……」

「吾作、もうボチボチ帰ったほうがいいよ。日が傾いてきたし、風も出てきたからね。風邪《かぜ》をひくとつまらんからなあ」

〈空飛ぶ雄鶏《おんどり》〉レター③

校地の一角《いっかく》で、実習用の鶏《にわとり》を飼っていた。

当番を決めて、毎日生徒たちが世話をしてくれていた。かなり大きな鶏小屋だった。

毎朝、産《う》みたての卵を、職員室へ持ってきてくれる。それらの卵は、調理実習で使ったり、宿直の先生がいただいたりしていた。

その鶏小屋の中に、雄鶏がいた。

先生方の話では、それはここで飼い始めてから、もう五、六年経っているそうだ。

最近になって、どういう心境の変化かは分からないけれど、その雄鶏が邪魔《じゃま》をして、人を鶏小屋に入れてくれないんだ。

掃除をしようと思って、無理に中へ入ったら、突《つ》つきにくる。卵を取ろうとしたら、跳《と》びかかって、足の爪《つめ》で引っ掻《か》く。

まったく危険で、しょうがない。

とうとう、その雄鶏を処分しよう、ということになった。

昼間はやっぱり危ない。それで夕方、おとなしくなった頃に、鶏小屋へ入ることにした。

ところがだ、鶏小屋を開けた途端《とたん》、そいつが襲ってきたんだ。他の雌《めん》鶏《どり》たちは、うずくまっておとなしくしていたのに。

なんとか身をかわして避《よ》けたけど、広い小屋の中を、その雄鶏は見事に飛ぶんだよ。

「空飛ぶ鶏だ！」

身の危険も忘れて、呆気《あっけ》にとられて見ていたんだ。

考えてみたら、鶏も昔は、大空を飛んでいたんだよねえ、他の鳥たちのように。

この雄鶏、きっとその野性が蘇《よみがえ》ったにちがいない。

それでも、やっとのことで、そいつを捕《つか》まえることができたよ。

その鶏、どうしたって？　もったいないから、みんなで食べることにしたんだ。

山に放《はな》しても、いまさら野生にかえることは出来ないだろうし、夜の間に、イタチやキツネにやられてしまうかも知れない。

「今夜、これでパーティしよう」

ということになったんだ。

メンバーは、キミのよく知っている、あの連中だよ。

鶏の料理は、慣れている先生にまかせて、私は野菜の方に回ったよ。もう分かるだろ。そう、スキヤキなんだ。

そのうち、ぐつぐつ煮《に》えたってきた。いい匂いだ。

「じゃあ、いただきましょう」

味つけは、なかなか良かった。

「あれっ、何だこりゃあ!?」

ほとんど同時だったなあ。みんな同じことを言ったんだ。

たしかに鶏の肉なんだけど、噛《か》み切れないんだよ。

「自動車のタイヤみたい!」

タイヤなんて、だれも食べた経験はないんだけど、ホント、そう思ったよ。

そこで止《や》めればよかったのに、みんなムリして食べ続けたんだ。もったいない、と思ったのか、意地汚《いじきたな》かったのか……。

翌日は、ヒドイことになってしまった。

「歯が痛い！」

「顎《あご》が腫《は》れてきた！」

「なんだか、お腹《なか》の調子が悪い！」

授業するのが大変だった。

やっぱり、あの雄鶏の怨《うら》みだろうか、ねえ、キミ。

カユイ、カユイ

「カミサマ～、助けてー！」

「これ、吾作、一体どうしたんだ？」

「ヒェーッ、カユイー！」

「なに、かゆいだって？　どこが？」

「足ですよ、カミサマ」

「そういえば、おまえ、去年は腰がカユイって、難儀していたなあ」

「カミサマ、のんきなことを言ってないで、何とかしてくださいよッ！」

「そう怒《おこ》るなよ、吾作。医者のところへは行ったのかい？」

「ハイ、カミサマ。もらった薬を使っているのに、治《おさ》まらないんです」

「困ったもんだねえ。そうだ、吾作、そこをちょっと冷やしてみたら？」

「……。あれー、カユイのが止まった！　カミサマ、あなたは名医です」

「これこれ、カミサマのワシを冷やかさないでくれ。それより、おまえ、何か良くないことをしたのとちがうか？」

「セッケンで、ゴシゴシ身体を洗っただけですよ、カミサマ」

「ダメだよ、吾作、そんなことをしては」

「どうしてですか？　不潔《ふけつ》なバイキンをやっつけてやろうと思って……」

「それはね、吾作、バイキンの仕業《しわざ》じゃあなくて、老化現象《ろうかげんしょう》の一つなんだよ」

「老化現象？」

「そう、年齢《とし》をとるとね、皮《ひ》ふが乾燥しやすくなって、それでかゆくなるそうだよ」

「ふーん、知らなかったなあ」

「一年中カユイってことはないんだろ？」

「よくご存知で、カミサマ」

「気候が乾燥してくると、症状が出やすいんだって、吾作」

「カミサマ、おねがい。完全に治《なお》る薬草かなんか、探してきてくださいよ」

「そんなもの、あるのかなあ……」

コレステロール

「吾作、なんだか浮かない顔をしているね」

「はい、カミサマ。このところ、身体の調子がスッキリしないんです」

「若い頃、あんなに元気だったおまえがねえ」

「実は、カミサマ、昨夜も急に胸が苦しくなって……」

「おいおい、それは只事《ただごと》ではないぞ、吾作」

「なんとか治《おさ》まったので、今日は病院へ行ってきました」

「それで、どうだった？」

「いろいろ検査をしてもらった結果、どうも心臓神経症らしいのです」

「おまえも、いろいろ悩み通しだったからねえ」

「それにひょっとしたら、狭心症《きょうしんしょう》の疑いも考えられるから、再検査の必要があるって」

「おやおや、これは大事《おおごと》だよ、吾作」

「脅《おど》かさないでくださいよ、カミサマ」

「いやいや、油断《ゆだん》は禁物《きんもつ》だっていうこと」

「医者から注意されたんだけど、コレステロールの値《あたい》が、異常に高いそうです」

「そんな筈《はず》ないだろ、吾作。あの質素すぎるおまえの食事を見ていたら……。その上、食べる量だって少ないしねえ」

「そうなんですよ、カミサマ。栄養表を見ながら、質問に答えていたら、お医者さんもクビを傾《かし》げて言うんです。『おかしいなあ。あなたは既《すで》に栄養不足の状態だ』って」

「そうだろ、吾作」

「そしたら、ハッと気がついたように言われたのです。『ひょっとしてあなたは、何でも栄養分にして取り込んでしまう、そんな体質かも知れん』なんてね」

「なるほどねえ。しかし、考えてみたら、結構な体質だと思わないか、吾作」

「そうでしょうか、カミサマ。私の遠い先祖は、信じられないくらい貧しかった、と思いますよ」

「どうしてそんなことが言えるんだ?」

「だって、カミサマ、次の食事はいつ口にできるか分からない。だからその間に飢《う》えて死んでしまわないように、身体が自然に反応したんじゃあないかと……」

「ふんふん、スゴイ学説だよ、吾作。それを論文にして、学会で発表してみたら?」

「イヤですよ、格好悪い!」

イタイ、イタイ

「アッ、痛《いた》ッ！　イタタタ……！」

「おやおや、吾作。今度は痛いだって？」

「ハイ、カミサマ。今朝起きたら、ひどく肩が疼《うず》くんですよ。手を動かしたら、激痛が走るし……」

「相当ヒドイんだねえ」

「服の着脱はできないし、顔も洗えない！」

「吾作、それって、五十肩とちがうか？」

「五十肩だって!?　私ね、カミサマ、もうすぐ七十歳ですよ」

「おまえの場合はね、二十年遅くやってきたんだ、と思うよ」

「いえ、カミサマ。私、四十代の中頃に一度、五十肩にかかっているのですよ」

「じゃあ、二回目がやってきたんだ」

「ええっ、二回も、同じところが!?」

「おまえね、何か思い当たることないか？　例えば、腕を使いすぎたとか……」

「そういえば、カミサマ、去年の秋に、中庭や裏庭で、たくさん木の枝を切りましたよ」

「しかし、その程度でねえ……」

「無理な姿勢で作業をしていたし、それにその後、ゴミに出すために、山のような枝を切り分けて……。いく日《にち》もかかったなあ」

「分かった、吾作。やっぱりそれだよ、原因は」

「それにしても、数か月の後に発症するなんて……」

「そうだよ。まあ言ってみれば、金属疲労のようなものだね」

「寒さも影響しているのかなあ？」

「そうだよ、吾作。おまえね、年齢《とし》にしてはやり過ぎだ、とワシは思うね」

「年齢《とし》ですか……」

「気は若くても、身体がついていかないんだからね。自分の体力の六割、多くても八割ぐらいにしておかないと」

「ハイ、そのように心がけます、カミサマ」

「カイロか何かで患部を温《あたた》めて、安静にしていろよ、吾作。そしたら意外に早く、疼きは無くなる筈だから」

「貼《は》るカイロですね、カミサマ」

「うん、それがいいね。そのうちに少しずつ、腕が動かせるようになってくるよ」

「病院へ行った方がいいですか、カミサマ」

「その必要はない、と思うよ」

「ねえ、カミサマ。こうやって年齢《とし》とともに、だんだん身体のあちこちが、ボロボロになってくるのでしょうね」

「まあそれは、仕方のないことだよ、吾作。七十年もの間、新品同様、バリバリの元気って言うのは、そんなに多くはないだろ。

自然界の生き物だってそうだし、ましてや人間の作った品物なんかは、ね」

「ほんとうですね、カミサマ」

「だから、適当に補修でもしながら、ダマシダマシ使うって気持ちでね」

「はあー……」

ショボ、ショボ

「お帰り、吾作。どこへ行っていたんだ?」

「あれ、カミサマ。待っていてくださったのですか。ちょっと病院へ行ってきました」

「またどこか具合が悪いのかい?」

「ショボショボが治《おさ》まらなくって……」

「何だと、今度はオシッコの方かね」

「ちがいますよ、カミサマ。眼科の方です」

「ああビックリした。尿の切れが悪くて、漏《も》れているんじゃあないかと……」

「オシッコなら〝チビチビ漏れる〟って言うんでしょ、カミサマ」

「そうかねえ。それで、吾作、診察の結果はどうだった?」

「ハイ、今のところはたいして異常はない、そうなんです。ただ、老化現象の一つだから、目の酷使《こくし》はひかえなさいって」

「何か思い当たることでもあるのかい?」

「はい。おもしろい本が手に入ったから、ついそれに集中してしまって……」

「分かったぞ、吾作。それで、おまえ、やたら目薬を使っていたんだ」

「ハイ、そのとおりで、カミサマ」

「生活習慣の方を優先しなくちゃぁ」

「ホントですね、カミサマ」

「それに、吾作。さっきも言ったように、やがてオシッコの方にくるからね」

「カミサマ、イヤですよ」

「仕方がないだろ。だんだんそこらじゅうが弛《ゆる》んでくるのだから」

「悲しいことですねえ、カミサマ」

「まあそんなに悲観することはないよ。失禁用のパンツだってあるしね」

「そんなあ……」

ガタ、ガタ

「うっひゃー、ガイコツ！」

「どうしたんですか、カミサマ？　ああ、これね。私の入れ歯ですよ」

「こんな所に置くなって！　もうちょっとで腰が抜けるとこだったぞ」

「すみません、神棚においたりして」

「おまえ、入れ歯だったの？　知らなかったなあ」

「ハイ、もう何年も前からそうなんですよ。でも最近、どうにも合わなくなって、ガタ、ガタするんです」

「やっぱり、歯茎《はぐき》も痩《や》せてくるんだねえ。それで、吾作、歯医者にみてもらったのかい？」

「ええ、時々行って、調節してもらっているんですけど……」

「入れ歯の新調はどうなの？」

「その必要はないって。またすぐに合わなくなる可能性があるそうですよ」

「困ったもんだねえ。吾作、おまえまだ、あの硬《かた》い目刺《めざ》し、食べているのとちがうか？」

「そうですよ、カミサマ。だってあれは、私の大好物なんですから」

「しかし、あれは硬すぎるよ」

「カナヅチで叩《たた》くぐらいのが、一番オイシイのです、私には」

「もうちょっと柔《やわ》らかいのにしたら、吾作」

「はあー……。ミソ汁と目刺し、それに漬物《つけもの》と白いご飯、もうこれで最高です」

「相変《あいか》わらず質素なんだねえ、おまえは」

「それに、カミサマ、この頃足の方も、何だかおぼつかなくって……」

「そりゃあ当たりまえだよ、吾作。イスだって長く使っていたら、脚《あし》がガタついてくるだろ」

「混《ま》ぜ返《かえ》さないでくださいよ、カミサマ」

〈山の幸《さち》〉レター④

アケビ

「キャー、センセ、イヤラシー！」

突然そう叫んで、女の子たちはみんな走って、どこかへ行ってしまった。

「なんだよ、急に!?」

日曜日に宿舎を訪ねてきた、数名の女子中学生たちが、部屋を掃除してくれた後、みんなでおやつを食べながら、楽しく雑談している最中だった。

「これね、きのう男の子らが持ってきてくれたんだけど、おいしかったよ」

そう言って、残しておいたアケビの実を、私が取り出した時だった。

「アケビって、キミ、見たことある？」

私も初めて見たんだけど、外形はキウイによく似た、一〇センチ足《た》らずの長球形で、ザクロのように割れて、中の実が甘《あま》くておいしいんだよ。

しかし、どこが一体「イヤラシー」のか分からない。

それで、翌日、休み時間に廊下《ろうか》で、アケビをくれた男子生徒に訊《たず》ねたんだ。

「センセ、そんなこと女の子に言ったの!?」

「ああ、言ったよ。実物《じつぶつ》を見せてね」

「ほんとにセンセ、知らなかったんやなあ」

生徒の説明によると、あれは「女性のアソコ」にそっくりだから、女の子の前では、絶対に口に出してはいけないんだって。

「そんなもんかなあ」

とつぶやいたら、

「センセ、鈍感《どんかん》やなあ。もう言わんときや」

なんて、説教されてしまった。

やっぱりその土地によって、いろんな禁句があるんだねえ。

それにしても、どんな所にアケビの実《み》が生《な》るのか、一度見たくなって、生徒に頼んでみたんだ。

「今度の休みに、案内してくれへんか?」

青空に山の緑が調和して、ほんとに清々《すがすが》しい日和《ひより》だった。段々畑の稲の刈り取りは、もうほとんど終わっていた。

谷間から少し登った所は、ジャングルのようだった。木々の枝や、からみついた蔓《つる》を分《わ》けながら、下草《したくさ》の中を這《は》うようにして、生徒について行った。

「あった! センセ、これや」

鎌《かま》を手にした男の子が、一本の蔓を掴《つか》んでいる。

「へえー、アケビって、蔓に生《な》るのか」

「そうやで、センセ」

彼がたぐり寄せた蔓の途中に、小さな実がついていた。

「センセ、これ、ちょっと小さいから、もう一本探《さが》そ。センセも見つけて」

　そんなことを言われても、他の蔓と区別がつかなくて、とても無理だった。

「長いし、丈夫そうな蔓やなあ」

「それで籠《かご》とか、編《あ》んで作ってはる」

　そう言えば、村の人たちが畑や山仕事に行く時、腰につけているのをよく見かけたものだよ。


　結局その日の収穫は、小さな実が一つだけだった。けれど、私は満足だった。野生の現場を体験させてもらったんだから。

　そのアケビの実なんだけどね、キミ、だいじにしまっておいたら、ネズミに食われてしまったんだよ。

ヤマイモ

山の芋《いも》とか、自然薯《じねんじょ》とも呼んでいたし、街《まち》の方では、ナガイモとも言っていたけど、とにかく、山野に自生する細長いイモのことだよ。

キミは、このイモが好きだったね。擦《す》った〝とろろ〟を、よく食べていただろ。

「すごく栄養があるんだって、お父さん」

でも、私は敬遠《けいえん》して、サイコロに切ったのを、お汁《しる》に入れたのしか口にしなかったね。

どうもあのヌルヌルが、気味悪いんだよ。

時々生徒たちが、山で掘ってきたのを届けてくれたんだ。曲がりくねった変な形をしていたけど、木の根や岩に邪魔されて、そうなるんだって。

街で見かけるいい形のものは、畑で栽培しているそうだ。

形は悪いけど、栽培のものとは〝精の強さ〟が、まるで違うんだって。

だから、かなり良い値段で売れるそうだ。

生徒たちにとって、魅力的《みりょくてき》なアルバイトの一つになっていたんだが、なかなか自生のものは見つからないらしい。


これも、生徒に案内してもらったよ。

谷川の側《そば》の雑木林《ぞうきばやし》の中で、やっと彼らは見つけたようだ。

近寄ってみたら、何か蔓《つる》のようなものを手繰《たぐ》っている。

「センセ、この根元《ねもと》を掘るといいんやで」

そう言って、かついできた開墾鍬《かいこんぐわ》で、せっせと山の地肌《じはだ》を掘り始めた。

谷に背を向けているから、掘られた土砂が、両足の間から下へ落ちていく。

「なるほど、うまい掘り方をするもんだ」

私は感心して見ていたよ。

「センセ、ちょっと代《か》わって。疲れてきた」

鍬をとって下を見たら、かなり深い穴だ。それでもまだ、本体は姿を現していない。

蔓に沿って、少し曲がりながら掘っていたら、なにか木の根のようなものが出てきた。

「おい、これ何や?」

「あっ、センセ、それや。ボクにまかして」

ということで、彼はほとんど腹這《はらば》いになって、手で山土《やまつち》を掻《か》き出しにかかった。時々、鍬を使って、慎重《しんちょう》にすすめている。

「とれた! センセ、見て」

「おお、立派なものや!」

少し曲がって、そんなに太くはなかったけれど、とにかく成果はあった。

「しかし、これは重労働やなあ」

「そうや、センセ」

ワサビ

「センセ、家庭科の試食です」

女子生徒たちが、調理実習の出来映《できば》えの評価を求めて、ごちそうを運んできてくれた。

中学校では、ときどきこういうことがあって、私の楽しみの一つになっていた。

だからいつも私は、感謝の気持ちを精いっぱい込めて、批評を書くことにしていたよ。

「うわー、辛《から》い！　なんてキツイんや」

一口食べた途端《とたん》、私は思わず跳び上がってしまった。

「先生、これはきっと、天然物《てんねんもの》のワサビですよ」

隣の先生が、涙を拭《ぬぐ》っている。慌ててお茶を飲んだら、鼻水《はなみず》が出てきてしまった。

結局、口中がしびれて、いったいどんな味付けなのか、さっぱり分からない。

「とてもおいしかったよ。ありがとう。また頼みます」

もちろん、私はこのように書いて、彼女らに手渡したんだ。

これでいいんだろ、キミ。


谷間の清水《しみず》で、ワサビを栽培している写真を、どこかで見た覚えはあるんだけど、自生のものを、この目で確かめたくなってきた。

「あなたは、よっぽど好奇心が強いのね」

よくキミに言われたよなあ。しかしこればかりは、生まれつきのクセだから、止《と》めようがないんだ。


今度の場合は珍しく、女の子たちに案内してもらったよ。

「この前、お母さんと行ったから、その場所知ってる」

ワサビのことを話したら、こう言ってくれた生徒がいたんだ。

チョロチョロ水が流れている狭い谷間を彼女らと上って行った。

ほんの少し歩いただけで、もう見つかったようだ。

「センセ、ここ。この葉っぱがワサビです」

そう言って、熊手《くまで》の小型のような鍬《くわ》で、水混《みずま》じりの土砂を掘り始めた。

すぐに本体が出てきた。ヒゲのような根が、いっぱい付いている。

「センセも探して」

「他《ほか》の葉と、見分けがつかんなあ」

それで、さっき掘り出した葉付きのワサビを、貸してもらうことにした。

「あった！　おーい、これと違うか？」

離れた所にいた生徒たちが、駆《か》け寄ってきた。

「違うよ、センセ。これはただの草や」

「しかし、よく似た葉っぱやけどなあ」

とうとう私は一本も見つけることができなかった。

彼女らは、二、三本ずつ手にして、ニコニコしていた。顔に飛び散った泥をつけながら……。

それでも、私にとって、ほんとに楽しい半日だったよ。

サンショウ

土地の人たちは、〝サンショ〟と言っていたようだ。

宿舎の裏で洗濯物を干していたら、男子生徒が訪ねてきた。

「センセ、ハイ、これ。サンショあげる」

見ると、袋にいっぱい入っているではないか。

「ええっ、こんなにたくさん、くれるの！」

彼は山へ行って、半日がかりで取ってきたそうだ。

「うん。家のも少し混じってるけど」

サンショウの木って、屋敷内に植えてあるもの、と思っていたんだけど、自生の木が山にあるんだって、キミ。

これもぜひ案内してもらうつもりだったのに、ヒドイめに遭《あ》って、山行きの興味を失ってしまった。


その日の晩のことだった。

もらったサンショウの実を、鍋《なべ》に入れてみたら、いっぱいになってしまった。他の野菜など、とても入らない。

仕方がないから、適当に調味料なんかを入れて、炊いてみたんだ。

長い時間かかって、やっと出来上がり。いい匂いがしていたよ。

しかし、その後がいけなかったんだ。

炊きあがった御飯《ごはん》を茶碗に盛《も》って、その上に、しゃもじで掬《すく》ったサンショウの実を、いっぱいにふりかけた。そしてガブッと一口食べてみた。

「どうなったと思う、キミ？」

そう、口の中が、火事のようになってしまったんだ。

まあ、その後が大変だった。キミの想像にまかせるよ。

「どうして、そんなムチャをするの！」

そう言っているキミの声が、聞こえてきそうだ。

だって、私の料理の腕前は、この程度なんだから。

独り住まいの今になって、少しは腕を上げたつもりなんだけど、やっぱり、キミの手料理がなつかしいよ。

もう天国のキミに、頼める訳《わけ》ではないし、よく分かっているんだが……。

貧者の一灯

「ヨイショ、ヨイショ！」

「あれ、カミサマ、今日は土木作業ですか？」

「おお、吾作、いいところへ来てくれた。ちょっとすまんが、手伝ってくれんか」

「何をやっているのですか？　そんなデカイ石柱を、次々に引っこ抜いて……」

「石碑《せきひ》の文字を削《けず》ろうと思ってな」

「いいんですか、そんなことをして。これは昔、神社に寄付された方の銘《めい》でしょう？」

「金額の所だけを削るんだよ。前々《まえまえ》から気になっていたんだ」

「どうしてですか、カミサマ？」

「考えてもみろよ、吾作。寄付したくても出来なかった人の気持ちを」

「よく分かりますけど、カミサマ。今どき五両《りょう》や十両なんて、誰も何とも思わないのとちがいますか？」

「なるほど、今は単位が円《えん》だからなあ」

「それはそれとして、この石碑、歴史的な建造物だから、そのまま残されたらどうですか、カミサマ？」

「ふーん。ちょっと気になるけど、保存することにしようか」

「それより、カミサマ、今後の対応を考えられたほうが……」

「うん。ワシの代《だい》になってから、金額を書くのを止《や》めて、寄付者名だけ貼《は》り出すことにしているんだ」

「いいことですね、カミサマ。何人かの老人から聞いたのですけど、『もうお参《まい》りに来るのがイヤになった』とか『うちは金額が少ないから恥ずかしくって』とかね」

「そうだろうなあ。ワシも見たんだが、寄付金額の多少で、掲示板の大小が分《わ》かれているんだ。あれはイカンなあ、寺院も含めて」

「ごもっともですね。そんな神経で、悩み苦しむ人を導《みちび》くなんて、できるのでしょうかねえ、カミサマ」

勤勉と品性

「またか！　ほんとに、もう……」

「カミサマ、何を怒っているのですか？」

「これ見ろ、吾作。よくもまあ、飽《あ》きもしないで、次々に不祥事《ふしょうじ》を起こすもんだよ」

「ホントですねえ、カミサマ。新聞を見るのもイヤになりますね」

「腹が立つのは、責任者の態度だよ。『秘書が……』とか、『想定外のことで……』とか言って、責任逃《のが》ればっかり」

「直ぐバレルのに、嘘ついたり……」

「あげくの果てに、『二度とこのような事が起きないように……』なんて、他人事《ひとごと》みたいな言い訳をしている」

「前にも事件を起こしているのに、恥ずかしくないのでしょうかね」

「それだよ、吾作。いつからこの国では、恥という言葉が死語になったのかねえ」

「高度経済成長の頃からじゃあないですか?」

「かも知れんなあ。ワシはね、吾作、この国の人々はもともと、そんなに品性が高くなかったのではないか、と疑っているんだよ」

「そうでしょうか、カミサマ」

「だから、自由だとか、権利だとか主張しているうちに、タガが外《はず》れて、地金《じがね》が丸出《まるだ》しになってしまった」

「そう言われてみたら……」

「しかも、社会的な地位にある者、○○長と名の付く者が、こんな悪い見本を示すもんだから、真似《まね》る者がどんどん出てくる」

「恐ろしいことですね、カミサマ」

「このままでは、やがてこの国はダメになってしまう、とワシは思う」

「ええっ、未開の島になるんですか!?」

「まあ、間違いはないねえ」

「そんなあ……。けど、カミサマ、私たちは世界有数の勤勉な国民ですよ」

「それは認めるよ。だがな、吾作、勤勉だけでは不十分なんだ」

「何が足《た》りないのでしょうか、カミサマ?」

「一つは、澄《す》んだ心と目、だと思うよ。もし色眼鏡《いろめがね》で物を見たら、本当の色は映らないだろ」

「よく分かります」

「次は、論理的思考が必要だよ、吾作」

「筋道《すじみち》を通して考える、ということですね」

「そう。そして自分に非《ひ》があれば、素直に認めて自己を矯正《きょうせい》していくこと」

「ここですね、カミサマ。口惜《くや》しいから受け入れずに弁解ばかりする。それどころか、時には感情的になって、ひどく反発したり」

「それと、もう一つ」

「えっ、まだ他《ほか》に……」

「やっぱり、学ぶことだよ。過去の歴史や、現在の社会からね。それに、周囲の自然の姿や現象《げんしょう》っていうのは、素晴らしい師でもあるんだよ、吾作」

「災害をもたらすこともあれば、いろんな恵みも与えてくれる。時には慰《なぐさ》め、励《はげ》まし、勇気だって与えてくれるんですね」

「よく分かっているね、吾作。こんな生き方をしているうちに、今まで見えていなかったものが見えてきたり、聞こえていなかったことが聞こえてきたりして、自分がどんどん深まって、充実感を味わうんじゃあないか、とワシは考えているんだ」

「なんだか目の前が、急に明るくなってきたような気がします、カミサマ」

「だからね、吾作、ひねくれて歪《ゆが》み切った、頑固《がんこ》な老人にだけはならないように、注意しておくれ」

「ハイ、カミサマ。少しでも手応《てごた》えのある、生き甲斐《がい》を感じられる人生を望んでいますから」

苦悩と寛容

「なあ、吾作、この言葉、どう思う?」

「何でしょうか、カミサマ」

「『○○にやさしく』とか、『やさしい△△』だって」

「そう言えば、このところ大流行《おおはやり》ですね」

「ワシはね、吾作、どうもみんな軽々《かるがる》しく使いすぎだ、と思うんだが……」

「環境にやさしく、老人にやさしくって、分かりやすい感じですけどねえ」

「やさしさの裏には、大変な覚悟が要《い》るっていう意味だよ」

「はあ……？」

「そうだろ、吾作。例えば、おまえ自身のことを振り返ってみろよ。亡くなられた奥さんに対する、おまえの関《かか》わり方なんかをね」

「あれは辛《つら》かった。いま思い出しても、胸が苦しくなってきます、カミサマ」

「よく乗り越えられたと思うよ、吾作。発病されてから十九年間だからなあ」

「家内の苦しみを、少しでも軽くしてやろうと思って……」

「入退院をくり返して。しかも重態が三回！」

「ハイ、何回も救急車のお世話になって」

「三回目は、気の毒なことになったよねえ。

あの頃おまえは、心身ともにもう限界を越えていたんだ。ワシはハラハラして見ていたんだよ」

「モウロウとしたまま、自分でも何をやっているのか……」

「しかし立派だよ、吾作。『生命《いのち》を賭《か》けて尽くしてあげよう』って決心したんだろ?」

「そうでしたね。家内が逝《い》くか、私が先に倒れるかの瀬戸際《せとぎわ》に追い込まれて……」

「介護地獄《じごく》を見たんだよ、おまえは」

「そうかも知れませんね、カミサマ」

「それよりもずっと前に、おまえは一大決心をしているね」

「はい、中途退職のことですね、カミサマ」

「そうだよ。管理職になって間《ま》なし。何日も悩み通しだったようだけど……」

「結局ね、カミサマ、仕事と生命《いのち》を天秤《てんびん》にかけてみたのです。このままでは、家内と私が共倒れになってしまう。

『何もしてやれないうちに、妻は逝ってしまった!』そう言って嘆く先輩たちの姿も見ていましたから。

だから、家内を入院させて、私は仕事を続ける気にはならなかったのです」

「普通は、なかなかそんな踏ん切りがつかないものだよ。生活もかかっているしね」

「家内の身体《からだ》が少しでも動く間に、できれば旅行にも連れて行ってたりたい。それに、通院や家事を手助《てだす》けしながら、何とかできる仕事もあるだろうと……」

「そう考えて、おまえは退職してしまった」

「そのとおりです、カミサマ」

「それで奥さんは、すんなりと受け入れたのかい？」

「いいえ、カミサマ。事《こと》を分《わ》けて話しても、納得《なっとく》してくれなくて……」

「だろうなあ。人生の実《みのり》を棄《す》てるようなものだからねえ」

「いえ、カミサマ。私はそれほど地位や出世に興味がないんです」

「けど、奥さんも悩んだろうね。ご自分の病気が絡《から》んでいることだし」

「そうなんです。しかし、いろいろ話し合ったりしているうちに、だんだんお互いに歩み寄って……」

「理解し合えた、ということだね、吾作」

「そうじゃあないか、と思っているんです」

「結果として、以前に増して愛情が深まった、そうだろ」

「はい、カミサマ。でも、どうしてそんなことが分かるのですか？」

「当たりまえだろ、吾作。本当のやさしさなんてものはね、うんと悩み苦しまなければ、決して生まれてこないんだから」

地位の幻影《げんえい》

「また、出てる！」

「何がですか、カミサマ？」

「汚職《おしょく》だよ、汚職！」

「カミサマ、もうそんな話、ゴメンですよ」

「いや、目をつぶってはイカン。この前も言っただろ、このままでは、この国は亡《ほろ》びてしまうって」

「そうでしたね、カミサマ」

「これはおかしいとか、変だと思ったら、みんなが声を上げないと……」

「ごもっともです」

「それにしても、こんなことになるまでに、どうして組織内で浄化できなかったのかねえ、吾作」

「それは、カミサマ、この国ではなかなか難しい、と思いますよ」

「どうしてだね、吾作」

「地位のあり方《かた》に問題があると……」

「地位のあり方だって？」

「必ずしも、人望《じんぼう》や実力、それに業績を認められて、その地位に就いた、とは限りませんから」

「ホントかね、吾作」

「少しばかりの実力と、後《あと》はうまく上司にゴマを擦《す》って……」

「ゴマ擦りだって!?」

「もっとひどいのは、コネだけで……」

「だれか有力者のバックを利用してかい？」

「それに実力や業績といっても、やり方に問題があったり」

「人望に欠けるんだねえ。それにしても、吾作、どうしてそんな人物を地位に就けたりするのかね？」

「まあ私の偏見《へんけん》かも知れませんが、上司自身もそんなやり方で地位を得たのだから、当然公正に判断する眼力《がんりき》なんか持ち合わせていないんじゃあないかと……」

「ふんふん、なるほど」

「それに、上司にしてみたら、文句を言わずに自分に懐《なつ》く部下が可愛い」

「気持ちは分からんでもないが……」

「部下も早く出世したい。だから決して上司の批判をしない」

「それじゃあ、マトモな人間は嫌気《いやけ》がさして、ヤル気を失ってしまうだろ、吾作」

「そうなんです、カミサマ」

「そんなことをしていたら、いずれ内部から腐《くさ》って、組織崩壊に至る……」

「外部の業者にしても、上司の組織と地位に頭を下げているだけ。それが分からない」

「それでいつの間《ま》にか、『オレはエライ！』と錯覚してしまうんだろ、吾作」

「そのとおりです。あげくの果てに検察の手が入って、みんな大慌《おおあわ》て……」

「そうなると、吾作、上司の不正を黙って見逃していた部下たちも、同罪の誹《そし》りを受けることになるなあ」

「仕方がないですねえ、カミサマ」

分母と分子

「おお、吾作、ラブレターでも書いているのかい？」

「ちがいますよ、カミサマ。新聞に投稿しようと思って」

「投稿だって？　で、どんな内容？」

「このところずっと、カミサマ、社会や大人たちに対して憤《いきどお》っておいででしょう？

『ナサケナイ風潮だ！』って」

「そうだよ、吾作」

「実は、カミサマ、私も全く同感なんです」

「だろうなあ。マトモな人間なら、だれでもそう思うよ」

「それで考えたのですけど、このまえ近所の子どもに話してあげた内容を、一度読んでもらえたらと……」

「ほうー、ちょっと見せてごらんよ」

ケンちゃん、分数のことが気になっていたんだけど、うまくいってる？
「かんたんな応用問題なら、解《と》けるようになったんだ」
そうかい、うれしいねえ。それにしても、よくがんばったね。
分数には、真《しん》分数と仮《か》分数、それに帯《たい》分数があるよね。それで思うんだけど、
分数の基本は、やっぱり真分数なんだね。
仮分数は頭でっかちで、不安定。だから帯分数に直《なお》すんだね。
分数の意味が分かったら、もう計算の仕方は易《やさ》しいだろう？

ところで、分数を人間に当てはめてみたら、どうなるんだろうね。

分母が人格《じんかく》、分子が知識や技術、と考えてみたらどうだろう。

世の中には豊富な知識や、すぐれた技術をもっている人がいるね。それなのに、あまり尊敬されていない人もいるんだよ。

「技術は素晴《すば》らしいけど、人格がねえ」

こんなことを言われて、評判が悪いんだ。

どうやらこの人は、人間として一番大事《だいじ》な人格を、養《やしな》うことを忘れていたようだ。

高い地位についたり、技術面でほめられただけで、「自分はエライんだ！」と錯覚《さっかく》——思い違い——しているんだね。

前にも言ったように、頭でっかちの仮分数になって、倒れてしまう。その上、分母＝人格が頼りないと、それこそ糸の切れた凧《たこ》のように、どこへ飛んで行くのか予想もつかなくなってしまう。

分子＝知識や技術だけで、その人を評価《ひょうか》——判断——してはいけない、と思ってほしいんだよ。

「へえー、吾作、おまえ、こんなスゴイことを、小学生の子どもに教えているのかい！」

「まあ、すぐには理解できなくても、人としてのあり方《かた》を、できるだけ早い時期に、手を替《か》え品《しな》を替えて、説明しておくのがいいかと思いまして」

「その通りだ、とワシも思うね。年齢《とし》を食って、ヘンに固《かた》まってからでは遅いからなあ」

「でもね、カミサマ、半分は私自身に対する反省も含んでいるんですよ」

「いい態度だよ、吾作。ほかにこんなの、まだあるのかい？」

「はい、いくつかありますけど……」

「どんどん発表して、世の大人たちに再考をうながしてもらわないと、ね、吾作」

「いえ、カミサマ。投稿は今回限りにしようと思っているのです。なんだか説教じみて……」

「なに、かまうもんか！　ガンバレ、吾作！」

「そんなにけしかけないでくださいよ、カミサマ」

〈思い出の化石掘り〉レター⑤

「じゃあ、行ってくるよ」

「気をつけてね」

今は亡き妻に見送られて、私は一路T町へと、中古の自転車を駆った。

そう、あれは今から四十余年前の、宿直明けの晴れた休日だった。

「明日、化石掘りに行くんだ」

そんなことを聞きつけたキミは、翌朝、わざわざお弁当を届けに来てくれたね。

ホント、うれしかったなあ。まだキミと付き合って日も浅かったのに。

「四〇km足《た》らずだから、かんたんだよ」

心配するキミに、こんなことを言ったようだけど、自信はあったんだ。だって、長年《ながねん》陸上の長距離走をやってきたし、この前も自転車で、ビワ湖一周をすませたところなんだから。

当時はまだ、国道もそんなに混んでいなかったから、ずいぶん走り易かった。周囲の景色を楽しむ余裕すらあったくらいだ。

やがて、S山脈を目前に、国道を左へ折れて、K集落へ。

「化石の出る崖《がけ》って、どの辺ですか?」

村道の側《そば》で、畑仕事をしていた農夫に声をかけた。

腰をのばしながら、彼は丁寧《ていねい》に道順を教えてくれて、言った。

「崩れやすいから、気ぃつけや」

道沿いのその小さな崖は、すぐに見つかった。黄色味を帯びた、粘板《ねんばん》岩《がん》のようだ。

さっそく持参の金槌《かなづち》で、ひと叩きしてみたら、簡単に割れて、バラバラッと足元に、いくつかのかけらが落ちてきた。

一つ拾い上げてその裏側を見たら、見事な木の葉の化石がへばりついているではないか。

「おお、スゴイ！」

高校の地学の授業で興味をもって以来、何年ぶりのことかなあ。今、初めて、自ら掘った化石を手にしている！

そのうち欲が出て、もう少し上の方を調べようと、岩に足をかけたら、グラグラ……。

「やっぱり、彼の忠告どうりだ」

そう思って、諦めることにした。

数個の化石を袋に収めて、次の目的地A集落へ急いだ。

Y川の上流だ。水が澄んで、底の小石まで美しい。

古びた橋を渡った所に、小さな洞穴《ほらあな》があった。土地の人の話では、そこに牡蠣《かき》の化石が出るそうだ。

雑草の生《お》い茂った堤防を下《お》りて、石ころだらけの川岸に出てみた。

涼しい川風が肌に心地よい。せせらぎの音に、鳥たちの元気な声が交《ま》じる。木々の緑が目にしみる。

「いいなあ！」

ふと対岸に目をやった私は、ビックリしてしまった。

なんと、幾重《いくえ》にも重《かさ》なった地層が、斜《なな》めに川床《かわどこ》へメリ込んでいるではないか。しかも、真っ白な地層。

「石灰岩《せっかいがん》の褶曲《しゅうきょく》だ！」

思わず、私は声をあげていた。図表で習った実物が、目の前に居《い》てくれる。

私は急いで、川を横切って行った。

「ワァー、冷《つめ》たい！」

浅いけれど、速い流れだ。

やっと対岸に辿《たど》りついた私は、またもビックリ。

「未完成の石灰岩!?」

下の層は、もう石灰岩になっているのに、上層部からは、ハッキリ二枚貝の重なりが識別できる。

「もっと年月が経《た》って、堆積物《たいせきぶつ》が重なったら、完全な石灰岩になるに違いない」

砂岩《さがん》の中から掘り出した白いかけらを見ながら、私はふと、こんなことを考えていた。

「何万年か前に、この貝たちは、生きて動いていたんだ」

私は感慨にふけりながら、辺《あた》りを見回してみた。

「ここが、かつて海の底だったとは！」

足が冷《ひ》えるのも忘れて、私は川の中に立っていた。

興奮して喉の渇《かわ》きを感じた私は、足元の川の水を掬《すく》って口にした。なんと、そのうまかったこと！

化石をポケットにしまって、元の洞穴の所へ引き返してきた。

穴の中は薄暗くてよく見えない。それで、持参の懐中電灯で調べてみたのだが、どうもよく分からない。ただの岩としか思えない。

「そうか、圧《お》し潰《つぶ》されてペシャンコになっているんだ」

気がついた私は、タガネを取り出した。岩は硬くて、金槌だけでは無理だ。

そんなことをしているうちに、尿意をもよおしてきた。

「長いこと水に浸《つ》かって、冷えたのかなあ」

そう思って、洞穴の外を振り向いた私は、ギョッ！

目に飛び込んできたのは、真っ赤なコシマキ。すぐ前の川で、若い女性が着物をたくし上げて、洗濯の真っ最中。豊満な大腿《だいたい》まで丸見えだ。

しかし、不思議に違和感《いわかん》はなかった。周囲の光景に見事に溶《と》け込んで、一幅《いっぷく》の絵のようだった。

だが、私は困った。オシッコがしたいし、藪蚊《やぶか》が次から次に襲ってくる。今出て行ったら、きっと彼女は驚くだろう。

仕方がないから、私は金槌で岩を叩くことにした。

すぐに彼女は気がついたようだ。

「アッ！」

と小さな声をあげて、慌てて着物を整え始めた。

「やあ、こんにちは。化石掘りしています」

安心したのか、彼女は微笑んで挨拶してくれた。

岩陰で放尿を終えた私は、「スッとした」気分で、また洞穴にもぐり込んだ。

岩を叩く度《たび》に、薄暗がりの中を火花が飛んでゆく。

苦心して、やっと二、三の化石を剥《は》ぎ取った。

「間違いない、やっぱり牡蠣や！」

外の明かりで確かめながら、私はひとり言《ごと》をつぶやいた。

満足した私は、河原の石に腰を下ろして、弁当を開いた。

「オイシイなあ！」

妻が心を込めて作ってくれたお弁当。オニギリをほお張りながら、私は彼女の笑顔を思い起こしていた。

とにかく目的を達した私は、獲物《えもの》をもって意気揚々と引き上げる、古代人のそれに似た気分だった。


その後私は計四回、同じ所へ化石掘りに出向いている。二回はバイクで、先生方と。そして二回は息子を連れて、軽自動車で。

ところが、どうしてなんだろう。今気がついてみたら、肝心《かんじん》の妻を一度も案内していないではないか。

「化石なんかに、彼女は興味がないだろう」

私がかってに、そう思い込んでいたのかも知れないけれど。

水上歩行器

「おや、珍しいね、吾作。図面なんかを描いて」

「ハイ、カミサマ。水上歩行器の設計図なんです」

「水上歩行器だって？」

「ええ、そうなんですよ。これを見てください、カミサマ、もうほとんど完成です」

「これって、おまえ、スキーの用具じゃあないのかい？」

「そう見えるのは当然ですね、カミサマ。ヒントはそこから借りたのですから」

「何なに？　スキー板がフロートになって、ストックの先に円い浮き玉がついている」

「そのとおりです」

「こんなもので、水上に立てるのかね？」

「体重六〇kgまでなら、これで充分《じゅうぶん》ですよ」

「ホントかね。それって実証済《ず》みなの？」

「はい。浴槽で実験成功です、カミサマ」

「安定性はだいじょうぶかい？」

「自信はあります。体重でフロートが水中に沈み込むし、左右のフロートで安定します。それに、浮き玉付きのストックを、両手で操作できますから」

「なるほどねえ。それで、吾作、どうやって前進やターンをするの？」

「それは、カミサマ、試作品が出来てから、沼で練習するつもりです」

「またあの泥《どろ》深い沼でかい？　ひっくり返ったら難儀だよ、あそこは」

「もちろん、救命胴衣を着用します」

「さっきの話だけどね、吾作、体重のもっと重い人や軽い人はどうするの？」

「ハイ、大小三種類ぐらい、作ってみようと考えています」

「ところで、吾作、どうしてこんなものを思いついたのかね？」

「そこですよ、カミサマ。理由は三つあります。

一つは、老人の足を保護するためです。カミサマもご承知のように、近ごろ舗装《ほそう》道路が増《ふ》えて、土の道が減ったでしょう。

散歩が身体に良いと言われても、固い地面で足をいためては何にもならない。

第二の理由は、車から身を守るためです。交通が激しくなって、ゆっくり散歩ができません。いつ事故に巻き込まれるか分からないし、排気ガスだってヒドイ。それにこの国では、ゆったりした歩道も少ないし、散歩用の道だって、ほとんど設置されていません。

第三が快適な気分を求めるためです。

自然の中で、ゆったり水上を歩行する。いい気分だと思いますよ、カミサマ」

「よく分かるんだけどね、吾作。やっぱりちょっと心配なんだよなあ」

「はい。問題はいろいろある、と思います。だから、制限も必要でしょう。

たとえば、この水上歩行器の使用に当たっては、
○使用者は、水泳ができること。
○浅い池、沼、川などで利用すること。
○川は緩《ゆる》い流れ、湖は岸辺だけで。
○漁船などの航行があれば、もちろん注意。
○救命胴衣を着用、複数者で行う。

その他ですけど、要は個人の責任と常識が基準になると思います」

「よく分かったよ、吾作。ひょっとしたら、これは爆発的に拡がるかもしれないね。若い人たちを中心に」

「そうでしょうか、カミサマ」

「そして近い将来、きっとオリンピックの種目になる」

「まさか……。カミサマも一つどうですか？」

「ありがとう。まあ健闘を祈るよ、吾作」

滞在型ホテル

「ウワー、吾作、これは一体何事《なにごと》かね。部屋中カタログだらけじゃあないか！」

「はい、カミサマ。滞在型のホテルを探しているのです」

「滞在型のホテルだって？」

「そうなんです。この国にはまだ、適当なホテルがほとんどないのですよ」

「長期滞在の湯治場《とうじば》なら、昔からたくさんあるだろ、吾作」

「ハイ。でも私の求めているのは、そんなのではなくて、まあどちらかと言えば、ヨーロッパ型のものなんです」

「ふーん。たとえば……」

「そうですね。ホテルの近くの海岸で、日がな一日海を見て暮らすとか、部屋の窓からボーっと山の景色を眺めていたり……」

「そんなことって、すぐに退屈《たいくつ》してしまうのとちがうか?」

「私はね、カミサマ、人間にはこういうことも大切だ、と思っているのですよ」

「分かるけれど、せっかちなこの国の人たちには、どうかねえ……」

「もし飽《あ》きてきたら、ホテルの近辺を散歩したり、句を詠《よ》んだり、スケッチなんかも出来るし……」

「そんな高尚《こうしょう》な趣味をもった人ばかりではない、とワシは思うねえ、失礼だけれど」

「そんな場合は、近くの山村や漁村に頼んで、見学させてもらったり、ホテルを拠点にして、他の観光地に出かけたりできますから」

「それって、おまえのひとり旅のやり方と同じではないの?」

「アハハハ……。バレましたか、カミサマ」

「ヒドイやつだよ、吾作。自分の流儀を他人《ひと》に押しつけるなんて」

「お言葉ですけど、カミサマ、自分でやってみて良かったから、お勧《すす》めしようかなと」

「それで、問題はホテルなんだね」

「そうなんです。どうにもホテル代が高くついてしまって。私、思うんですけど、あの不要なサービスを止《や》めて、もっと安くしてもらえないかと。

それに、連泊割引をつけてくれたら、もっとありがたいんですけどねえ。一週間滞在で○○%引き、一月《ひとつき》で△△%引き、というようにね」

「なるほど。ホテル側も空き部屋をかかえているより、稼働率《かどうりつ》も上がるしねえ」

「そうなんですよ、カミサマ。特に私のような貧しい老人には、うれしい方策だと思うんです」

「元気な老人対策の一環《いっかん》としてもね」

「軽い持病などあっても、避暑や避寒を兼ねて、長期滞在をしながら、その地で習い事をしたり、文化に触《ふ》れて楽しめたら……」

「いいねえ、吾作」

「カミサマ、ご尽力《じんりょく》のほど、お願いします」

「うん。ホテル協会に掛《か》け合ってみよう」

靴とパンツと杖《つえ》

「おやおや、吾作、今日は町工場の開店かね?」

「ちょっとした改良作業ですよ、カミサマ」

「改良だって?」

「ハイ。もっとクッションのいい靴を作ろうと思いまして……」

「ああ、散歩用の靴だろ、吾作」

「そうなんです。散歩は老人に良いと言われるけど、固い舗装道路で足を痛《いた》める人が、けっこう多いんです」

「土の道が少ないからねえ」

「私も時々、足に違和感《いわかん》を受けますしね」

「それで、弾力のある靴を工夫しているって訳《わけ》かい、吾作」

「そのとおりです、カミサマ。試作品で実験して、最適のものをメーカーに依頼しようと考えています」

「ところで、吾作、この布切《ぬのき》れは何だい？」

「それは、パンツの試作品です」

「パンツ？　これが!?」

「格好いいでしょ、カミサマ。ちょっと試着してみませんか？」

「イヤだよ、恥ずかしい！」

「履《は》き心地《ここち》がいいと思うんですけどねえ」

「吾作ね、どうしてこんなものを考案する気になったの？」

「実はね、カミサマ、年齢《とし》とともに、腰の周りが窮屈《きゅうくつ》になって、下着で締《し》められると、もう息苦《いきくる》しい感じで……」

「そんなものかねえ」

「パンツにステテコ、それにズボンが重《かさ》なって、ああ、シンドイ！」

「おお、気の毒に！」

「立っている時はまだしも、腰を下《お》ろしたら、余計《よけい》にヒドクなるのです」

「それで、おまえ、バンドを緩《ゆる》めて食事をしているのかい？」

「そうですよ、カミサマ。だから、せめてパンツだけでも、締まり具合《ぐあい》が調節できるものを、と思って工夫しているのです」

「ご苦労さんだねえ。それで、吾作、これもメーカーに試作品を送るのかね？」

「そのつもりですけど」

「こっちの棒切《ぼうき》れは、何だい？」

「それはこれからなんですけど、伸縮《しんしゅく》ステッキです、カミサマ」

「知っている。どこかで見たことがあるぞ」

「ハイ。既製品が店頭に出ています。だけど、もうちょっと改良しようと……」

「どんなふうに？」

「旅行カバンに入るように、継《つ》ぎ目を増《ふ》やして、全体的に短《みじか》く、山歩きにも使えるようなグリップを取り付けたら、と考えています」

「それにしても、おまえ、よくやるねえ。こんなにいろいろと。好奇心旺盛《おうせい》だよ」

「カミサマ、私と組んでやりませんか？」

「おもしろそうだけど、ワシは今忙しいからなあ」

欲《ほ》しいモノ

「フウー、つかれたー！」

「あれ、カミサマ、こんな遅い時間に？　今日はもうお出にならない、と思っていたのですよ」

「ちょっとすまんが、水をくれんかね」

「コーヒーはどうですか、カミサマ？　ちょうど準備ができたところですから」

「いや、カミサマのワシに、コーヒーはちょっとなあ……」

「じゃあ、お酒の方はどうですか？」

「酒はもういいよ。匂《にお》いを嗅《か》ぐのもイヤだ！」

「おかしいなあ、ふだんはあんなにお酒の好きなカミサマなのに……」

「今日はね、吾作、午前中から立て続けに、五組も結婚式があったんだ」

「へえー、そんなにたくさん!?」

「そうだよ。だから三三九度の儀式に何回も立ち会っていたら、もうそれだけでフラフラに酔っ払ってしまったんだ」

「そうだったのですか。道理でお疲れもひどいはずだ。さあ、カミサマ、氷水をどうぞ」

「おお、ウメェー！　ありがとうよ、吾作」

「いいえ、私の方こそ感謝しなくちゃあ。本当なら、カミサマ、今日はもう神社の本殿で、ゆっくりお休みいただいているはずなのに、わざわざ拙宅《せったく》をお訪ねくださって……」

「いやいや、そんなに気にすることはないよ、吾作。実はねえ、ワシはおまえとしゃべるのが楽しみなんだから」

「うれしいなあ、カミサマにそんなふうに思っていただけるなんて」

「ところで、吾作、ワシはずっと気になっていたんだが、ここ数年、おまえはあまり物を買わなくなってしまったねえ。やっぱり経済的に苦しいのかい？」

「それよりも、カミサマ、もうそれほど物に対して興味が湧《わ》かないのです」

「それはまた、どうして？」

「ご覧のとおり、私の生活に必要なものは、もうじゅうぶん揃《そろ》っていますし……」

「そうだねえ。ちょっと質素に見えるけど、おまえが満足しているのなら、それでいいのかもね」

「はい、カミサマ。あの戦中戦後の物不足と比べたら、今はそれこそ天国ですよ」

「思い出すなあ。あれはホントひどかった」

「子ども心につくづく思いましたよ。『もう白いご飯も、砂糖も、バナナだって、生きているうちには口に出来ないだろう』なんて」

「よく分かるよ、その気持ち。成長盛りの子どもが、いつも腹ペコだったからねえ。それに衣料、履《は》き物、家具、住宅……あらゆるものが欠乏状態だった」

「だから、カミサマ、そんなことを考えたら、もうこの辺でじゅうぶんだろうと……」

「しかしねえ、吾作、みんながおまえのように考えたら、この国の経済は発展しないのとちがうか?」

「いいえ、カミサマ。欲《よく》を言えばキリがないけど、次のようなモノがあればいいなあ、とは思っているのですよ」

「ほうー、何だね、それは?」

「ちょっと列挙してみましょう。

A　副作用のない医薬品
B　地震や台風で倒れない住宅
C　切れた神経の再生
D　外国語の自動通訳《つうやく》器

E　太陽熱の蓄積機

その他いくつかありますけど……」

「それぞれについて、簡単に説明してもらえないかね、吾作」

「そうですね。カミサマもご承知のように、よく効く薬に限って副作用もよく現れます。だから、目的の患部や症状が治《おさ》まっても、他の臓器を損《そこ》なったりして、また辛《つら》い目をみることになってしまう。

亡くなった家内の場合もそうでしたが、まるで薬の追いかけっこみたいでした。

次にBですけど、この国は地震列島。それに台風の通り道。毎年のように多くの住宅が壊《こわ》れて、悲惨な姿を目にします。

それで理想を言えば、マグニチュード8ぐらいでも倒れない家、風速五〇m強でも耐えられる屋根、そんな戸建て住宅ができればと」

「ふん、ふん。それから」

「病気や負傷で神経が損傷を受けたら、多くの場合身体障害者になって、不自由な生活を強《し》いられる。それぞれに対応する補助器具が考案されているけど、不自由さを払《ふっ》拭《しょく》するところまでには至らない。

だから何とか神経を再生させる技術が欲しいのですよ、カミサマ」

「なるほどねえ。もしそれが可能になったら、世界中の多くの障害者が救われるんだ！」

「そうなんです、カミサマ」

「外国語の自動通訳器って？」

「このところ交通や通信手段の発達によって、ますます多くの外国人や文物に触《ふ》れ合う機会が増《ふ》えてきたでしょう。

できれば相手国の言語で対応するのが最上なんだけど、実際はとても無理。なんせ一つの外国語をある程度修得するのさえ、大変な努力と時間が必要なんだから。

それで例えば外国人と話す場合、もし相手が英語を望めば、通訳語のボタン〈英―日〉を押す。

するとこちらの話す日本語が、自動的に翻訳《ほんやく》されて、相手に英語の音声で伝わる。

相手の英語は日本語に換《か》わって、こちらのイヤホンに流れてくる。

相手がフランス人なら、〈仏―日〉のボタンを押すだけで、あとはまったく同じ」

「いいねえ、吾作。おまえの話を聞いているだけで、何だかワクワクしてくるなあ」

「耳の不自由な人には、文字盤に掲示される仕組みにしておきます。

もう一つの通訳器は、外国語の新聞や雑誌などの読み取り機能です」

「何だって？　その道具を使えば、外国語の文章が分かるのかい？」

「そのとおりです。別種の器具で文の上をなぞっていけば、それらの意味が日本語で、音声や文字に転換される、というものです」

「そうなると、吾作、もうあの辛《つら》い外国語の勉強はしなくてすむ訳《わけ》だ」

「でもね、カミサマ、やっぱり一つぐらいは外国語を身につけておくほうがいい、と私は思いますけど」

「同感だね。ところで、太陽熱をどうするんだって？」

「ハイ、太陽の熱を、例えば電気に換えたり、ある種の物質に取り込んで蓄積しておく。そして必要に応じて、電気のままで使ってもいいし、変質した物質を元の状態に戻《もど》す過程《かてい》で、放出される熱を利用する」

「そんなことって、本当に出来るのかねえ」

「困難でしょうが、可能だと思いますよ」

「そしたら世の中、ひっくり返る！」

「そうなる、と思いますよ、カミサマ。クリーンエネルギーで、しかも無尽蔵《むじんぞう》ですからね」

「吾作、おまえ自《みずか》らの手で取り組んでみたらどうだ？」

「ご冗談《じょうだん》でしょ、カミサマ。もう余命《よめい》いくばくもないのに……」

〈ボランティア〉レター⑥

その後どう？　天国で楽しくやっている？

キミが逝《い》ってから、もう四年半が過ぎてしまったけど、まあ何とか独《ひと》り住まいにも慣《な》れてきたところだよ。

あれからいろんなことをやり始めているんだ。大体はキミに報告しているから、知っていてくれると思うけどね。

でもね、最近ちょっと悩んでいることがあるんだよ。

実は、ボランティアで、外国の人びとに日本語を教えているんだけど……。

夕方から始まる子どもたちのクラスは、とても楽しいんだ。素直に聞いて、無邪気《むじゃき》に口真似《くちまね》をしてくれる。だから上達も早いんだよ。

クラスはいつも朗らか、笑い声が絶えないくらい盛り上がってしまう。

苦心するのは、夜の部の大人たちなんだ。

恥ずかしがって、遠慮気味《えんりょぎみ》になるのを励《はげ》ましながら、教材を工夫してやっているうちに、だんだん和《なご》やかな雰囲気《ふんいき》になってきた。

「やれやれ、これでレールが敷けた。さあ、これから腰を落ちつけて、本格的に……」

そう思っていた矢先《やさき》、一人の青年が加わったんだ。

彼はなかなか意欲的で、仕事の合間《あいま》や自宅で独学しているそうだけど……。

困《こま》ったことにその彼が、しょっちゅうクラスを白《しら》けさすんだよ。質問はいいんだけど、その中身《なかみ》でね。

たとえば、こうだ。

「人を数えるのに、ヒトリ、フタリ、サンニン、ヨニンって言うのは、まちがっている」

「どうして？」

「私が学んだ数の読み方は、イチ、ニ、サン、シです。だから、イチニン、ニニン、サンニン、シニンとなるはずです」

「たしかに君の言うとおりの使い方もあるよ。たとえば、食べ物などで、イチニンまえとかニニンまえ、なんて言うしね。けど、シニンまえとは絶対に言わないんだ。シニン＝死人、死んだ人を連想してしまうから」

「それならどうして、もう一つの数え方で統一しないのですか。ヒトツ、フタツ、ミッツ、ヨッツを用《もち》いて」

「そんなことをしたら、ミッツのところが発音し難《にく》くなってしまう。だから表現を変《か》えてね」

「先生、なぜそんないい加減《かげん》な言葉を作ったのですかッ！」

「おいおい、そんなに怒《おこ》るなよ。私が作った訳ではないんだから」

それでも、まあなんとか納得《なっとく》してくれたのは良かったんだが。

この前も、またややこしくなって……。

「先生、虫を数えるのに、ヒキ（匹）を使いますね」

「そうですよ」

「じゃあ先生はなぜ、イッピキ、ニヒキ、サンビキって言われるのですか。私は間違っていると思います」

「理屈《りくつ》はそうだけど、やっぱり発音がし易《やす》いように、変化しているんですよ」

「でも、先生、私たちには、イチヒキ、ニヒキ、サンヒキ、シヒキの方が分かりやすいですよ」

「お気持ちは分かりますけどね、普通の日本語ではそんな使い方をしませんから。

どうしても気になるのなら、文法で音便《おんびん》のところを勉強されたら。

それよりも先《ま》ず、私たちが使っている現代の日本語を、素直に取り入れてください」

まあこんな調子でね。その他《ほか》、いろいろ難題を持ちかけられて……。

そうそう、たいていの人が文字に悩まされているんだよ。

「先生、なんで三種類も文字を覚えなければならないのですか！」

そう言って、私を睨《にら》むんだよ。

言われてみれば、確かにそうだよなあ。

英語のアルファベットは二十六文字。それに対して日本語のアイウエオは四十五文字程度。

さらに、カタカナ、ひらがなの二種類に、無数にあると思われる漢字。

仕方がないから、先ず、ひらがなから教えはじめたら、

「先生、カタカナの方が覚えやすいです。そちらの方から先に教えてください」だって。

「カタカナは、主として外来語に使います。中心になるのはひらがなですから」

なんて説得しなければならないし……。

もちろんこんなやりとりは、英語を通してなんだけど、中には全く英語のダメな人たちもいてね。

彼ら大人たちは、仕事や家事で忙しいし、慣れない異国の生活に神経をすり減らしている。

そんな疲れた身体で、がんばって出席してくれているんだから、何とか短時間で効果を上げてもらおうと、私も熱を入れているつもりなんだ。

しかし、やっぱりしんどいなあ。

逆に彼らから気づかされたんだけど、よくもまあ、こんな複雑な文字

や表現を使っているもんだよ、私たちはね。

最近、授業の流れがやっとスムーズになって、ホッとしているところなんだよ。

彼らの活き活きした表情を見ると、こちらも元気づけられてねえ。

この前、ある家族に招《まね》かれて、お国自慢の料理をごちそうになったんだ。

見慣れないものがたくさんあって、とてもおいしかったけど、その中に少々気味の悪い食材も混じっていて、冷や汗が出たよ。

そのことについては、また今度キミに話してあげるから。

じゃあ、またね。

律儀《りちぎ》なラクダ

「おーい、吾作、だいじょうぶかー？　ここだよ、ここ。おまえの頭の上……」

「あれ、カミサマ、今日は空中漫歩《まんぽ》をお楽しみですか？」

「何をのんきなことを言って！　ワシは必死で、さっきからおまえを探していたんだぞ」

「それはどうも、ご親切に……」

「おまえね、少々頭がオカシクなったのとちがうか。この真夏の、しかも昼間に遊園地をうろつくなんて！　三十八度もあるんだぞ。年齢《とし》を考えろよ。熱中症で倒れたら、どうするんだ」

「はい、カミサマ。だからその対策として、帽子をかぶって、雨傘を日除《ひよ》けがわりにしながら、なるべく木陰《こかげ》を歩くように心がけています。それに、時々休んで、ポットのお茶を飲むようにしていますし……」

「よく考えているけどね、吾作、やっぱり輻射熱《ふくしゃねつ》ってものが、周囲からおまえの身体に射《さ》し込んでくるんだよ。今日はもうこれくらいにして、引きあげたらどうだ？」

「ハイ、ご忠告に従います、カミサマ」

「うん、それがいいよ。ところで、吾作、ずいぶん長い間、ラクダ小屋の柵《さく》の前に腰をおろしていたようだけど、一体何をしていたんだ？」

「それが、カミサマ、初めのうちは好奇心で、ラクダの生態を観察していたのですけど、いつの間にか、あれこれ思いをめぐらせはじめて……」

「ふうーん。それで」

「小屋の陰で、二《ふた》こぶラクダのつがいが休んでいたでしょう。二こぶラクダを見るのは、実は初めてなんです。

ちょうどうまい具合に、柵の前にベンチがあって、しかも木陰ときている。

『ヤッコラショ』なんて言いながら、ベンチに腰をおろしてお茶を飲みはじめたら、〝ノッシ、ノッシ〟と足音をたてて、オスのラクダが私の目の前へやってきたのです。

『うわぁ、デッカイなあ！』

思わず声が出ましたよ。太くて長い、いかにも重たそうな首を持ち上げて、背中のコブをゆらゆらさせながら、柵に沿って一周。

コブは骨か何かで、固いものだと思っていたんだけど……」

「そうだよ、吾作。あれは脂肪質《しぼうしつ》のコブで、栄養や水分を蓄《たくわ》えているんだって」

「意外に背が高くて、ビックリしました。けっこう大きなラクダ小屋が、小さく見えるんですよ。

それに足の裏が、まるで座布団《ざぶとん》みたいに広い。砂漠の砂にメリ込まないように、うまくできているんですね」

「何代もかけて、環境に適応できる身体をつくりあげてきた、とワシは思うよ」

「膝《ひざ》のところが、大木《たいぼく》の節《ふし》のようになっていました」

「よく見ているね。彼らは膝を曲げて、腹這《はらば》いの姿で休むだろ。だからあの重量を支えるために、頑丈《がんじょう》にできているんだ」

「なるほど、プロテクターの役割をしているのですね。

ところで、カミサマ、おかしなことに気がついたのですけど……」

「おかしなことって?」

「ハイ。彼らはいつも、小屋の陰で休憩しているのですよ。メスの方は、ずっと陰に入ったまま。そしてオスは、柵の内側を一周したら、サッサと陰に入ってしまう」

「そりゃ当たり前だよ、吾作。ラクダだって涼しい方が、気持ちがいいんだろうよ」

「だってカミサマ、彼らは四十度をはるかに越える酷暑も平気なんでしょ？　そしたらこの辺の三十六度や三十八度ぐらい何でもない……」

「だから日中《にっちゅう》の炎天下《えんてんか》に立って、彼らが休息していても不思議ではないと……」

「そのとおりです、カミサマ」

「おまえね、砂漠を行くキャラバンの写真、あれを見たことがあるだろ？」

「ハイ、見ましたよ」

「ラクダたちは信じられないような猛暑にも耐えられるけど、やっぱり休憩する時は、できるだけ物陰を利用している」

「そういえば、そんな情景もありましたね」

「そうだろ、吾作。それにここのラクダたち、もう日本の気候に慣《な》れてしまって、

『夏は暑くてたまらん！』と思っているのかも」

「でしょうねえ。それにもう一つ。これにはちょっと感動させられて……」

「ラクダに感動だと!?」

「ええ、そうなんです。私がしばらくベンチに座り続けていたら、またあのラクダが柵を回ってきたのです。

『もう一度、このわたしを見たいの？』

なんて言ったかどうかは分からないけれど。そして、私の前で立ち止まることもなく、ゆっくりとした足取りで通り過ぎて行ったのです。まるで自分の姿態《したい》を誇示《こじ》するかのようにね」

「ほうー、二回も来てくれたのかい」

「いえ、カミサマ。その後もう一度回って来たのですよ」

「ええっ、三回も！　わざわざおまえのために!?　なかなかサービス精神の旺盛なラクダだねえ」

「そうなんです。体調も回復してきたし、ぼつぼつ別のエリアに行こうかなあ、と思っていたら、また〝ノッシ、ノッシ〟とこちらへ近づいてくる！

『まだ見たいの？　あんたも好きねえ』

そんな風に思っていたのとちがいますか、カミサマ」

「バカだねえ、おまえ。ストリップショーじゃああるまいし……」

「それでね、カミサマ、これはきっと『人が来たら、柵に沿って回りなさい』って仕込まれているのではないかと……」

「どうしてそんなことが言えるのかね？」

「だって、カミサマ。私の前で立ち止まって、餌をねだる訳《わけ》でもないし、私を威嚇《いかく》する素振《そぶ》りも感じられない。ただ黙々《もくもく》と足を運ぶだけ。三回ともまったく同じでしたよ」

「なるほどねえ。教えをしっかり守って、手抜きをしないってことか」

「はい、カミサマ。そう思ってみたら、我が身がちょっと恥ずかしい……」

「いいことだよ、吾作」

孝か不孝か

「吾作、なんだか元気がなさそうだね。どこか身体《からだ》の調子でも悪いのかい？」

「いえ、カミサマ。未《いま》だに迷いがふっ切れなくて……」

「言ってごらんよ。どんな悩みごと？」

「もう済んだことなんですけど、果《は》たして、あれで良かったのかどうか」

「当面する問題ではないんだね、吾作」

「はい、カミサマ。でもこれから先、また同じような事態が起こったら、どうしていいのかと思って……」

「確信の持てる結論を得たいってことだね」

「そうなんです。

――あれは私の母がまだ元気な頃のことでした。

自分の夫（私の父）を亡くして以来、ずっと仏壇のことを気にかけていたのです。

『こんなヒドイ仏壇では、お父さんやご先祖様に申し訳ない』

ことあるごとにそう言って、仏壇の新調を望んでいたのです。

『もうこれだけが心残りや。他《ほか》に何も欲はない』って。

母の気持ちは痛いほどよく分かるんだけど、ちょっとやそっとの費用ではない。辛《かろ》うじて家の改築を済ませ、そのローンの支払いがあるし、まだ子育ての最中。だから、とてもそんな余裕がない。

『古くても仏壇はあるんだから』

そう言って宥《なだ》めても、納得してくれない。

『今はおまえたちも、生活に追われているしねえ。お母さんはよく分かっているよ』

なんて言いながら、やっぱり不満顔。

こんなやりとりが何年も続くものだから、とうとう思い切って、きょうだい持ち寄りで、新しい仏壇を買うことにしたのです。

ピカピカの仏壇の前に座った母の、あのうれしそうな顔！

毎日せっせとお供えしたり、磨いたり。

そして、次々《つぎつぎ》に知人を連れてきて、いっしょにお経を上げては、夢中になって楽しいおしゃべり。ほんとにもう活《い》き活《い》きでした。

『よかったなあ！』

私たちきょうだいは、口を揃《そろ》えて感慨《かんがい》無量《むりょう》でした。

ところが、それから間もなく、母の言動に異常がみられるようになったのです。

今言ったことをすぐに忘れる。同じことを何回も訊ねる。食事が済んでいるのに、未だ食べていないと言い張る。

冬なのに夏の服を着る。素足《すあし》で外に出る。夜具の毛布を引きはがす。

何をするでもないのに、わざわざ古い道具を部屋に散らかす。

こんな状態に、初めのうちは家族みんなが当惑してしまいました。

言われるところの痴呆《ちほう》症状です。

それも、日に日にヒドクなって、家族はお手上げ。とうとう外部の専門機関に援助していただく始末——。」

「しっかりしていた人が、どうしてそんなことにねえ、吾作」

「私たちも不思議で、いろいろ話し合ったのですけど。結局、あの仏壇を新調したのが引き金《がね》になったのではないかと……」

「と言うことは……」

「ハイ。母としては長年《ながねん》気になっていたことが『やっと解決した』、そんな思いで気が弛《ゆる》んでしまった。そうとしか考えられないのですよ」

「なるほどね。良かれと思ってやったことが、逆の結果を招いてしまった。そうだろ？」

「ええ、そうなんです。もし新調していなかったら、母も緊張を保《たも》っていたかも知れない……」

「だけどね、吾作。古い仏壇のままお母さんが痴呆になられていたら、どうなるの？」

「その点についても話が出たのです。

『あの時、なぜ無理してでも、母を喜ばせておかなかったのか。痴呆の今となっては、もう何も分かってくれない！』

たぶん、こんなふうに後悔するだろう、とね。カミサマ」

「そうだよ、吾作。たとえ少しの間でも、お母さんは、しっかり喜びを受け止《と》められた。それで良かったんじゃあないのかい？」

「はあ、そう思いたいのですけど……。一方では、やっぱり、私たちが母を痴呆にしてしまったのではないかと……」

「吾作ね、それを言い出したらキリがないよ。二者択一《にしゃたくいつ》には付《つ》きものなんだから。熟慮《じゅくりょ》してやったことだしね」

「そうですねえ、カミサマ」

食べさせていたら

「おお、吾作。今日はわざわざ本殿まで出向いてくれたのかい？」

「ハイ、カミサマ。散歩しているうちに、ふと気がついたら、カミサマの所へ足を運んでいたようで」

「お参りに来てくれたのはうれしいけど、吾作、さっきからずっとそうやって、何を考えていたの？　腰が冷えて良くないよ、石の階段に座ったりして」

「母の入院中のことを思い出していたのです。ちょっと気になっていたものですから」

「よく介護をしてあげたねえ、吾作。あの頃は、おまえもまだ現役だから、大変だっただろう？」

「そうでしたね。でも母の症状が切迫《せっぱく》していましたから、とにかく一生懸命になって……」

「おまえね、あれにはアキレタよ」

「ああ、十二時間ブッ通しで眠ったこと？」

「うん。〝泥のように眠る〟を地《じ》でいったそうだね」

「昼間勤《つと》めて、夜は病院で泊まり込みの介護。もう寝たきりの状態だったから、いろいろ手を加えてあげないと。

それでやっと落ちつくのが、午前二時頃。だから睡眠時間は三、四時間。

いつも何だか、雲の上を歩いているような感じでした。

授業中に教壇を踏み外《はず》したりしていたけど、それでも交通事故を起こさなかったのは、今から思えば不思議なくらいです。

そしてあれは、日曜日のことでした。

親類の者が替わってくれることになって、朝五時前に病院から帰宅。

もう何をする意欲もなくて、直ぐに布団にもぐり込んでしまった。

やがて、目が覚《さ》めたら、まだ薄暗い。『一、二時間も寝たのかなあ』と思って、ひょいと時計を見たら、ちょうど五時。

『変だなあ、寝た瞬間に目が覚めるなんて。やっぱり神経がたかぶっているんだ』

そんなことを思いながら、テレビを点《つ》けてビックリした。なんと、夕方の五時！

と言うことは、早朝から夕方まで、もう何も知らずに眠っていた訳です」

「無理を重《かさ》ねていたからなあ、吾作」

「そうだと思います、カミサマ。

そのうち、母の病状がだんだん悪化して、もう病院食はほとんど受けつけない。

ところが、時々うわごとのように、『○○が食べたい』って言うんです。

それで主治医に相談したら、『点滴と流動食で栄養を調節しているから、ダメです』

という返事。

『もう無理なのとちがうか。もしそうなら、欲しがっているものを食べさせてあげたら』

こんな意見がきょうだいから出てくるし、私自身もそう思って、主治医に訊ねたら、

『今△△の治療中ですから……』

なんて言うだけで、母の容態《ようだい》や治療の見通しがはっきりしないのです」

「一昔前のことだからなあ、吾作」

「ハイ。今のように〝インフォームドゥ・コンセント〟も徹底《てってい》していませんし……。

それで、宥《なだ》めるように言ったのです。

『お母さん、もうちょっと辛抱《しんぼう》して。今の治療が終わったら、いくらでも食べられるからね』

ところが、母の症状は急変。あっという間に生を終えてしまったのです。

『何てことだ！　私は母に辛抱を強《し》いただけじゃあないか！　こんなことなら、どうしてあの時、母の好きなようにさせてあげなかったのか……』

ほんとに私も辛《つら》かった。いくら母の遺影に頭を下げても、もう遅い」

「分かるよ、吾作。苦しかったんだねえ」

「しまいに、あの主治医が恨《うら》めしくなって」

「そうだろうなあ」

「私は、主治医と現代医学に期待していましたから。もうちょっとしっかりした情報があれば、適切な対応ができていたのではないかと」

「それで、吾作、おまえのモヤモヤは、少しでも解消したのかい？」

「そうですね。まず、最先端の治療の情報を得ること。次にその功罪を説明してもらって、どちらを選ぶか判断する。積極的な治療か、それともホスピス的な方なのか。言うほど単純ではないですけれど……」

垢《あか》を拭《ぬぐ》いつつ

「吾作、どこにいるんだー？」

「ここです、カミサマ。お風呂でーす」

「へえー、昼間から入浴だって？　ゼイタクなもんだ」

「ちがいますよ、カミサマ。溝《みぞ》の掃除をしたら、汗はかくし、汚《よご》れるし……」

「そうだったのかい。慣れないことをして、風邪《かぜ》をひかんようにな、吾作」

「ハイ、カミサマ。身体《からだ》の汚れは洗ったら落ちるけど、心の垢は、そうは簡単にいかないものですねえ」

「そうだよ、吾作」

「長年の垢を、やっと削《けず》り取って、ホッとしていたら、いつの間《ま》にか、また溜《た》まっていて、ガックリ」

「悟《さと》りを開いたから、もうだいじょうぶ、という訳《わけ》にはいかないだろうよ」

「あちらの垢を取ったら、こちらに別の垢がという具合に、まるでモグラ叩きの有様」

「仏教でも言うだろ〝百八つの煩悩《ぼんのう》〟って。

欲や悩みは無数にある、とワシは思うね、吾作」

「せめてあの良寛和尚《りょうかんおしょう》の、爪《つめ》の垢でも煎《せん》じて飲みたいぐらい……」

「あの方《かた》は、生きながらの仏《ほとけ》だよ。とても万人《ばんにん》には真似できるものじゃあない」

「どうしたら、安心立命《あんじんりゅうめい》の境地に至れるのか。ねえ、カミサマ」

「難問だよ、吾作。時々立ち止まって、自《みずか》らを軌道修正《きどうしゅうせい》する。おまえの言うように、心の垢を拭《ぬぐ》いつつ、ね」

「で、いつになったら、そんな心境になれるのでしょうか、カミサマ?」

「恐らく、終生を懸《か》けてね」

「えーっ、一生《いっしょう》かかって!」

「でもね、吾作、そんなふうにしているうちに、いつか少しずつ、そういう境地を味わえるようになる筈《はず》だよ」

〈天国で再会〉レター⑦

突然のことで、さぞ驚いていると思うけど、最近、キミのお母さんが亡くなられたんだよ。

いや、それよりも、お母さんの方が、もっとビックリされたと思うよ。

「あれ、おまえ、先に天国へ来ていたのかい⁉」

なんて、おっしゃりながら。

キミが入院した頃、もうかなり痴呆《ちほう》がすすんで、幸か不幸か、キミが天国に召されたことも、お母さんはご存知でなかった……。

キミのお父さんは、キミがまだ十代の年齢《とし》頃に亡くなっておられるし。

それで、どう、気分は?

お父さんとお母さんに囲まれて、幸せなのとちがう?

親子水入らずで、四方山話《よもやまばなし》をしたいだろうし、だからしばらくの間、私の方からキミへの話しかけを、中断しようと思っているんだよ。

生前のキミに、まだ話していなかった事や、じゅうぶんに伝えていなかった内容を〈レター〉の中で説明しておいたから、気が向いたら読んでおくれ。

ところで、しぶといようだけど、もしキミがお母さんと、あの〝ヨモギ団子〟を作ってくれたら、ぜひ〝夢の国〟まで運んできてほしいんだ。

そこまでなら、私にも行ける筈だから。

この前、キミにも言ったように、私がこちらの世界にいる間、もう少し、人生のキャンバスに彩《いろど》りを添《そ》えよう、と思っているんだ。

キミへの手土産《てみやげ》として、ね。

じゃあ、今夜はこれで。

おやすみ。

著者略歴
若林　泰雄（わかばやし　やすお）
1932年　大阪市生まれ
1943年　滋賀県に疎開
1956年　滋賀大学（教育学部）卒業
　　　　滋賀県下の中学校に勤務
1985年　妻の看病に専念するため退職

既刊図書
二人のキャンバス—天国のキミへ—（文芸社）
ボクの縄文時代（文芸社）
二人三脚—中学生の指導現場から—（サンライズ出版）
ロボ博士と妻—悔恨からの再生—（サンライズ出版）
親子で育つ話し合い（サンライズ出版）
カミサマと白いカラス—大人にも読める童話—（サンライズ出版）

ひとり住まいの詩《うた》　—カミサマと吾作じいさん—

2001年10月31日　初版第1刷発行

著　者　若　林　泰　雄
発行者　若　林　泰　雄
滋賀県近江八幡市池田町4丁目10
〒523-0877　TEL/FAX.0748-33-1803
発売元　サンライズ出版
滋賀県彦根市鳥居本町655-1
〒522-0004　TEL.0749-22-0627
印　刷　サンライズ印刷株式会社

ISBN4-88325-214-0 C0095